ZITA DAZZI

L'ISOLA DEI CONIGLI

Coccolebooks

A Zeno a alle quinte dell'Ariberto

Alla maestra Raffaella Cenni
che col suo sorriso ci illumina da lontano

1

Vento forte

Guardava con grandi occhi umidi la linea diritta che il pelo del mare tracciava all'orizzonte. Accarezzò l'aria con le orecchie, bianche, lunghe, dritte. Nella sua testa di coniglio si domandò per quanti anni ancora avrebbe goduto di quello spettacolo: l'isola rocciosa adagiata in mezzo alle onde del Mediterraneo, il verde della vegetazione bassa e spinosa, il volo delle berte radente sugli scogli, la sera, quando il sole andava a tuffarsi dietro la costa, a occidente.

Poi all'improvviso la voce di un bambino lo mise in allarme. Il coniglio, scappò dietro la collina con grandi balzi. Non era abituato a farsi sorprendere dagli umani.

– Ehi, Salvo, te lo vieni a fare questo bagno?

Dino parlava controvento, facendosi scudo con la mano sinistra attorno alla bocca, mentre il dito indice della mano destra era intento a esplorare minuziosamente le cavità delle narici.

Era uno di quei giorni che tira forte vento di maestrale. La nave dal continente era rimasta ancorata al porto di Linusa l'isola-madre di fronte all'isola-figlia, che aspetta dal continente le scorte di carne e verdura fresca due volte alla settimana.

Quando c'era vento forte, i conigli se ne stavano nelle tane e l'isola restava senza frutta e senza latte, a contare quante ore e quanti giorni mancavano al ripristino dei collegamenti. E in quei giorni altroché, se tirava vento forte.

– Che dici? Quale bagno? Non lo vedi che onde ci sono? Manco le barche attraccano. Se entriamo in acqua, ci sfracelliamo. E smettila di scaccolarti e *sciusciati dda nasca.*

Salvo non sopportava quando Dino si ficcava il dito nel naso. Lui non lo faceva più almeno da quando aveva tre anni.

– Fai schifo, e pulisciti quel moccolo. *Pari un caruseddu.*

Dino fece una smorfia con la lingua di fuori e si ripulì il moccio col dorso della mano. – Non ho fazzoletto –, rise. Poi prese una banana dallo zaino e ne fece un morso. – Ne vuoi?

– E dove l'hai presa quella banana? È una settimana che non arriva la frutta –, rispose Salvo, azzannando il mozzicone sbocconcellato che gli porgeva l'amico.

Da quando il tempo si era messo al brutto, oltre alle verdure fresche, l'Isola dei conigli non aveva più visto nemmeno i barconi che arrivano dall'Africa appena il mare si calmava. Malconci pescherecci e gommoni tenuti assieme dalla speranza e dalla disperazione, carichi di uomini e donne e bambini dagli occhi scuri, dipinti di spavento, anime in fuga. Senza bagagli e senza rimpianti.

La guerra che gli abitanti dell'isola avevano visto solo in televisione, arrivava ora scritta in faccia a quei tizi che sbarcavano sulle coste. Una guerra lunga e cattiva, a giudicare dalla fame che si leggeva nei profili sottili e scavati di quelli che scendevano dai barconi e si sedevano sulla spiaggia ad aspettare di riprendere fiato.

– Eddai Salvo, vorrai mica stare tutto il giorno a fare niente – urlò Dino con quella voce roca, il ciuffo nero dei capelli tenuto su da una manata di sapone... – Non ci sono nemmeno compiti per domani.

Questo non era vero, ma i compiti c'è sempre tempo per farli e in effetti alle tre del pomeriggio tutto era possibile tranne che mettersi al tavolo a fare le divisioni.

– Al massimo, vi accompagno. Ma io il bagno non lo faccio.

– *Mììì* come rompi – replicò Dino, di nuovo intento a investigare col mignolo destro la narice sinistra. – Che sei diventato una signorinella?

Salvo, per dare retta agli amici, la settimana prima si era beccato una sgridata da sua madre perché era tornato a casa bagnato, quando lei aveva detto di non fare il bagno. Ci mancava un'altra lavata di capo. – Ma neanche... – urlò quindi rivolto allo *scaccolatore* – neanche se mi paghi, me lo faccio il bagno. E non insistere. Guarda che onde. È fesso chi entra in mare oggi.

Il mese prima, durante l'altra burrasca, l'aveva vista bene quella barca finita sugli scogli. L'avevano vista tutti in paese. Malconcia, la chiglia marcia di salino e di viaggi andati a male, quello che doveva essere stato un timone spaccato in due. Per forza che si era andata a incagliare alla Sicchitella, lo scoglio a mezzo miglio dal porto, che solo i marinai del posto sanno evitare quando c'è mare grosso. Chissà da dove era partita, quella barca. Chissà se c'era gente a bordo e chissà dove erano finiti, in quel caso. In qualche punto sotto al mare. E nessuno li sarebbe andati a cercare.

– Hai visto che non escono nemmeno a pescare? – urlò Salvo – Sono tre notti che se ne stanno tutti a terra. Dai, che mio padre dice che domani il vento cambia e si mette di tramontana.

Dino alzò le spalle, fece una pallina con la materia verdastra che aveva estratto dalle viscere del suo naso e la tirò con una schicchera in direzione dell'amico. – Fifone – lo canzonò.

– Porcello – replicò Salvo, schivando la caccola con un movimento del bacino – porcello e scaccolatore.

Guardarono entrambi verso il grigio metallo della superficie del mare.

– Per un pò non ce ne saranno di sbarchi, che dici?

Dino si pulì le mani sui pantaloncini. – Direi proprio di sì. Meglio, perché quelli di mare non ne capiscono.

In effetti, che ne sapevano quelli dei venti e delle correnti? Quanti se n'era ingoiati il mare, di quegli africani in cerca di futuro? Quasi nessuno, di quelli che arrivavano dall'Africa, sapeva nuotare.

Li avevano visti tutti, i neri recuperati nel mare dai

pescatori del posto. La sabbia nelle mani, lo spavento nelle rughe della fronte, alcuni addirittura rigidi, chiusi nei sacchi neri, appoggiati sulla spiaggia.

Quelli ancora in qualche modo vivi, aggrappati alla vita con le ultime forze. Le facce smunte, gli zigomi sporgenti, le labbra seccate dal vento e la pelle inaridita dal sole, come i campi di pomodori quando non piove da tanto tempo.

– Dai però, andiamo, sbrighiamoci, non stiamo qui a discutere tutto il giorno –, disse Salvo, cercando di scacciare quelle immagini dalla testa, e rimettendosi in cammino, ma restando un pochino indietro per pensare ai fatti suoi.

7

Da dietro a un dosso, il grande coniglio, bianco e con le orecchie al vento, guardava quei ragazzini con le gambe magre e scurite dal sole.

2
Niente compiti

– Ma che dici? Che voglia hai di andare a lavorare alle reti? Salvo, ti sei fatto fesso? – rise Selvaggia, con tutti i ferri dell'apparecchio che brillavano sui denti – Vieni alla Pozzolana, piuttosto. Datti una mossa.

Al molo dove si prendono le *zite*, le sardinette buone da friggere, i ragazzini dell'isola dei Conigli, da che mondo è mondo, ci vanno a fare i tuffi. Quello era il posto. Da tutta la vita. Pozzolana, uguale tuffi.

Ma il padre di Salvo, dopo pranzo, gliel'aveva detto chiaro, agitando il dito indice dritto nell'aria.

– Salvo, niente tuffi oggi. C'è troppo mare. Lo vedi come tira? È ancora peggio di ieri.

Salvo non aveva detto ai suoi, che la mattina, a scuola, aveva preso una nota. La quarta, dall'inizio dell'anno.

È che lui non ci sapeva stare fermo al banco. Però non è giusto che mi danno la nota solo perché non ho finito il tema. Io l'avrei voluto finire, ma era una noia, una noia di quelle, che alla fine mi sono distratto, pensò, mentre suo padre gli ripeteva le sue raccomandazioni.

Decise che il diario l'avrebbe fatto vedere la sera. Dopo essere andato a zonzo con gli amici. Altrimenti mi blindano a casa tutto il pomeriggio, pensò.

Come avevano fatto la settimana prima, quando aveva preso la nota perché fischiava durante la lezione. O quella prima ancora, quando aveva dato una spinta a un bambino della classe accanto che gli aveva fatto lo sgambetto.

La maestra, pensò, si deve sempre mettere in mezzo, che se ci lasciasse a fare a noi, ce le risolveremmo molto meglio, le nostre questioni.

Con una mossa delle spalle, guardando la mole enorme di suo padre dal basso, Salvo fece una smorfia che voleva dire: certo! e scappò fuori canticchiando, con la sua aria da furbo, gli occhi grandi e rotondi, di un colore indefinito fra il nocciola e l'ambra, le lunghe ciglia scure.

Passò a chiamare Dino, l'amico del cuore, e poi anche Selvaggia, con suo fratello Lupo. I gemelli, i figli del veterinario del paese. Due zucconi buoni solo a catturare lucertole e a costruire trappole per gli animali.

Però facevano scassare dalle risate, quando si picchiavano, cioè praticamente tutti i giorni. E per i motivi più scemi. Per esempio quel giorno si stavano menando perché Lupo aveva nascosto l'astuccio di sua sorella ma non si ricordava assolutamente dove. Per questo quando arrivò l'invito ad uscire, né uno né l'altro si fecero pregare.
– Tanto i compiti senza penne non si possono fare –, sospirò lei, come se la cosa le dispiacesse. – Però andiamo a fare il bagno, ovvio, no?

– Io non posso – mise subito in chiaro Salvo – C'è troppa onda, i miei mi fanno a fette se mi beccano un'altra volta a fare i tuffi col mare grosso.

– E chi se ne importa se ci sono le onde, tanto i tuoi non ci vedono. Poi ci asciughiamo e non se ne accorgono. Fidati –, replicò la ragazzina, due occhi verdi e tutti quei capelli biondi ispidi come la pellaccia di un porcospino. – Eddai Salvo, quante storie fai sempre. Ho anche preso una cavalletta e vediamo se è buona a nuotare.

Salvo arretrò schifato. Non aveva nessuna voglia di vedere affogare una cavalletta. E poi lo sapeva già, che per prima cosa Selvaggia avrebbe tentato di convincerlo a toccarla, la sua stramaledetta cavalletta.

– No, grazie, niente bagno, c'è troppo vento –. Scrutò l'orizzonte, un cielo azzurro che sembrava fatto di pietra e il mantello scuro del mare increspato dal bianco delle onde. Nessuna barca in vista.

– Cagasotto –, fece lei indispettita.

Salvo l'avrebbe strozzata, ma sicuro che Selvaggia, da sempre innamorata di lui, avrebbe preso anche quello come un segno di interesse e gli avrebbe proposto un'altra volta di andare a caccia di ragni. Ogni scusa era buona per cercare di portarlo da qualche parte e cercare di farselo amico del cuore. Ma Salvo odiava i ragni, le cavallette, tutte le altre bestie che pungono e strisciano per terra. E soprattutto odiava le femmine che facevano le svenevoli con lui. Solo il pallone, interessava a lui. E nessuna femmina sapeva giocare a pallone. Motivo per cui…

– Hai visto che sono andati via tutti, gli africani che sono sbarcati la settimana scorsa? – gli disse Dino, riscuotendolo dai suoi ragionamenti sui ragni e sulle femmine, indicando il container dietro al campo di calcio. – È venuto l'elicottero stamattina presto e in quattro viaggi li ha caricati tutti e li ha portati al continente.

Salvo guardò oltre la rete della porta. Là dove un coniglio bianco, saltellava, come se niente fosse. Abituato ad attraversare il territorio, senza che nessuno cercasse di prenderlo. Forse perché neanche lo vedevano. Come se fosse un miraggio, una creatura della fantasia.

In effetti, notò Salvo, non c'erano più le magliette stese ad asciugare fuori dal centro. Nessuno di quei tizi con la pelle scura seduto sulla panchina ad aspettare chissà che cosa, gli sguardi persi nel vuoto, le braccia lunghe incrociate sul petto.

Da maggio a ottobre il mare rigurgitava di naufraghi e di imbarcazioni, barche senza vela e senza motore, coi buchi nella stiva e il timone rotto, barche che sembravano sul punto di affondare e che invece rimanevano a galla per la forza della disperazione.

– Li avranno portati in Sicilia, o magari di nuovo a casa loro –, rispose Salvo, ripetendo quello che sentiva dire a casa.

– Macché, quelli vogliono andare in Europa. Saranno scappati –, commentò Lupo.

– Sì, l'Europa. Che ne sai tu di dove sta l'Europa? – rise Selvaggia, grattandosi la testa ispida di salino – Ci sei mai stato all'Europa.

– Ma io non so nemmeno dov'è, 'sta Europa –, replicò

Lupo. – Sarà un posto dove non c'è la guerra.

L'Europa era entrata nei discorsi di Salvo e dei suoi amici da quando l'Isola dei conigli era diventata una meta delle barche dei profughi.

Ma era solo un nome, un confine sulla carta geografica appesa in classe, una linea molto lontana dal puntino quasi invisibile della loro isola, un luogo dove nessuno di quei bambini era mai stato, se non con l'immaginazione.

A dire il vero, c'erano alcuni del paese che erano partiti per la famosa Europa, anni prima. Gente andata a lavorare in Svizzera o in Germania, che, da quel che aveva spiegato la maestra, erano paesi dell'Europa. Appunto. Ma nessuno di quelli che erano rimasti ne sapeva qualcosa.

3

Selvaggia

– Ce l’avete qualcosa da mangiare? –, chiese Dino, prima di mettersi in cammino.

– Io ho preso l’acqua – replicò Lupo – Mia sorella dovrebbe avere la focaccia nello zaino... Ehi Selvaggia – le urlò vedendola che si attardava con Salvo, la solita molestatrice – hai preso la merenda?

Lei da dov’era gli rispose mostrandogli il pollice, senza smetterla di assillare Salvo.

– Ah già, la merenda – esclamò Salvo, accorgendosi che quella era un’ottima via di scampo – Scusa, devo andare anche io a prendere qualcosa da mettere sotto ai denti, prima di venire al mare –. Indietreggiò fino a distanza di sicurezza da quella pazza della gemella, salutò con un’alzata di mento gli altri amici aggrappati a un gavitello nero di piombo di quelli dove si lega la nave. E fece dietrofront, per tornare al centro del paese.

Si avviò verso il negozio di sua nonna, che faceva gli arancini di riso con dentro il prosciutto più buoni di tutta l’isola.

Panificio Tuccio

Questo c’era scritto sull’insegna rossa e bianca che spiccava sul giallo ocra del muro, a metà della strada principale del paese.

Lei, la nonna, era sempre la prima a correre sulla spiaggia con i sacchi di pane, quando sbarcavano i *neri* dai loro barconi.

Mentre entrava nella bottega odorosa di farina e di olio d'oliva, andò a sbattere sul panzone a stento contenuto dalla giacca nera con i bottoni dorati del comandante della locale stazione dei carabinieri. Tano Pistola, papà della compagna di scuola Pina Pistola, la più tonta della classe. – Oh, eccolo qui, il nostro Salvo – lo apostrofò con una manata sulla spalla che quasi mandò a terra il ragazzino – E che cosa mi combini *a st'ura pedi pedi*? Non fai i compiti?

Parlava con quell'aria sospettosa di sempre.

Salvo lo guardò dal basso in alto, al momento senza nemmeno capire che cosa stesse dicendo. Stava ancora pensando ai tuffi.

– Allora, niente studio, oggi? *Te la sei caliata*? – Che in siciliano vuol dire: – Hai marinato la scuola?

Il ragazzino cercò di organizzare rapidamente una risposta, cercando conforto nel faccione sorridente di Papa Francesco che sua nonna aveva appeso dietro al bancone. – No, cioè, sì. Adesso li faccio, i compiti. Stavo giusto pensando a quello – inventò – Eravamo lì con gli amici, al molo di Pozzolana. Stavamo giusto mettendoci d'accordo sui compiti, signor Pistola.

Lui afferrò una guancia del bambino con le sue tozze dita dalle unghie perfettamente tagliate. – Bravi, vediamo di comportarci bene, eh? Anche Pina deve fare la brava: gliel'ho detto proprio stamattina –, disse il comandante Pistola, stritolando la mascella che aveva fra le dita, con quella solita sua aria diffidente, che metteva in agitazione anche chi non aveva fatto niente di sbagliato.

Salvo si divincolò con un sorriso imbarazzato e si rifugiò in negozio. Non c'era nessuno. Scavalcò la tenda di fili di plastica che separa il forno dal resto del mondo.

– Eccolo, qui, il mio nipotino, ma ormai stai diventando un nipotone a forza di crescere –. La nonna aveva odore di pane e di lievito e l'abbracciò con quelle sue manone che lasciavano sempre una striscia bianca di farina sulla pelle abbronzata del nipote.

– Li posso prendere due arancini?

Lei, senza nemmeno farselo ripetere, mise in un sacchetto di carta marrone il solito rifornimento di cibo che sarebbe bastato per tutta la banda.

– Grazie nonna, ci vediamo stasera a casa.

4

Uno strano invito

Salvo riprese la strada che porta al molo di Pozzolana e cominciò a camminare a passo spedito, fischiettando l'inno della sua squadra di calcio. E fu in quel momento e su quel sentiero che corre in mezzo alla piana, che vide davanti a sé, come se lo stesse aspettando, Bella, detta *Pagella*, la più brava della scuola, figlia della guardia medica del paese.

Due occhi grandi e liquidi come le meduse che spuntano a mazzi nel mare ad agosto, e capelli biondi, fini come tentacoli. Si era fatta una ciocca di capelli viola fosforescente, e sembrava ancora più del solito una strega. L'ultima persona che Salvo voleva incontrare.

Lei, che aveva sempre idee strane e che riusciva a farsi rispettare da tutti, anche dai maschi, quando giocavano a pallone. Quando le dicevano una cosa su cui non era d'accordo, lei attaccava a parlare fino a quando non aveva vinto e le davano ragione. Una testa dura, si sarebbe detto. Una che parlava e parlava fino allo sfinimento, anche quando uno avrebbe voluto starsene in silenzio a sentire il rumore del mare.

– Oh, fermati – sorrise con aria di sfida mostrando una fila di dentini aguzzi come quelli dello squalo che una volta avevano preso i pescatori nella rete dei tonni. – Ma tu...

– Ma tu cosa? – replicò Salvo diffidente, temendo già chissà quale invenzione.

– Ma tu ci verresti con me fino alla Mannarazza? Anzi, mi ci porteresti sulla tua Bmx?

– E perché mai dovrei portarti sulla mia Bmx visto che tu hai la tua?

– Perché la mia ha la ruota bucata. Semplice, no?

Da dietro a un cespuglio, il coniglio agguantò con gli incisivi davanti un ciuffetto di erba fresca e masticò placidamente, senza fare troppo caso alle chiacchiere dei due bambini. Per quel giorno l'unica preoccupazione era trovare qualche cosa da dare da mangiare ai suoi figli. E là in fondo, giusto dietro il punto dove i ragazzini parlottavano, c'era proprio un bel cespuglio di cardi da assaggiare.

Salvo non aveva ben capito il senso di quella domanda, né perché la saputella della scuola si rivolgesse proprio a lui, che se ne andava tranquillo per la sua strada, pensando solo agli arancini della nonna.

Lei lo guardava con l'aria di sfida e quella ciocca di capelli viola.

Lui la squadrò con aria interrogativa, facendosi schermo con la mano sugli occhi, perché il sole gli picchiava dentro alle pupille. Un'altra femmina che lo importunava. Chissà perché quel giorno ce l'avevano tutte con lui, pensò.

– Come scusa? Dov'è che vuoi che ti porti?

– Alla Mannarazza. Ci sai andare o no?

Rispose di sì con un cenno della testa senza capire il perché di quella domanda. – E certo che ci so andare.

Quella sorrise di nuovo, con una strana luce negli occhi da medusa. – E mi ci porteresti? In canna sulla tua bici, intendo?

La guardò ancora più stranito. – In canna alla mia bici?

– Eh. In bici. Non sei capace?

– Certo che sono capace. Ma veramente, io stavo andando alle *Zite*, ci sono gli amici ad aspettarmi. Si fa merenda agli scogli. Questo era il programma.

– Ma mica adesso, ci volevo andare alla Mannarazza. Fesso. Dicevo uno di questi giorni. Ho una cosa importante da fare.

– E tipo? Che cosa?

– Già, e ti pare che te lo dico? Tu vieni con me e poi vedrai.

Salvo non era il tipo da farsi dare ordini. Però Bella gli piaceva, perché era una tosta, non una di quelle con i fiocchetti e le treccine, né una maniaca di cose strane, come Selvaggia, tanto per citarne una. E se ti proponeva una cosa, potevi star tranquillo che un motivo c'era.

– Non è che mi fai venire fino alla Mannarazza e poi non mi dici niente, eh?

– Ti ho mai fatto scherzi? Se te lo chiedo – lo fissò negli

occhi facendo una smorfia col naso – è perché ti voglio coinvolgere. Altrimenti non ti dicevo niente, no? Fidati!

Salvo ci pensò su meno di venti secondi. Giusto per non sembrare uno che non aspettava altro che avere quell'invito.

Poi con aria di chi sta facendo un grosso favore, sospirò. – E va bene. Ma guarda che se è una cavolata, poi mi dai un euro per il disturbo.

– Io non faccio mai cavolate, caro – disse lei – L'euro me lo dai tu se non è una cosa importante. Fatta?

– Fatta –, replicò lui, con l'aria di sfida.

– Ci mettiamo d'accordo, allora, per il quando. Magari domani, dopo la scuola, che ne dici?

Salvo annuì con la testa. Era già curiosissimo, ma si trattenne per non darle soddisfazione. Chissà che avventura aveva intenzione di proporgli.

Il maestrale le scompigliava i capelli colorati di viola, un gabbiano che si levava in volo passò sopra le loro teste, come volesse guardarli da vicino.

Il coniglio, bianco e grosso, si affacciò ancora a spiarli da dietro un masso e rimase lì ad osservarli, senza fare una mossa, senza che loro si accorgessero della sua presenza.

5

Il ritorno di Bazuka

Da una settimana il cielo era spazzato dal vento e azzurro come la carta oleata che la nonna di Salvo usava per impacchettare il pane con le olive e la focaccia con le cipolle, quando d'estate venivano i turisti e l'Isola dei Conigli tornava ad essere un posto quasi normale, dopo il lungo isolamento invernale. Riaprivano tutti i negozi, arrivavano i sub che volevano andare a vedere le cernie giganti che hanno la tana alla Secchitella e i paesani affittavano le loro case a quelli che venivano da fuori, ammucchiandosi nei capanni di campagna, sulle pendici del vulcano, dove nei mesi freddi ci si tenevano le capre.

Pochi giorni prima era tornato sull'isola anche Luca, il figlio del meccanico. Erano mesi che non lo vedevano, perché quell'inverno, per la prima volta, era andato a stare dai suoi zii sul continente. Suo fratello grande studiava già al liceo e sull'Isola dei conigli ci sono solo le elementari. Per quel motivo tutta la famiglia aveva lasciato l'isola e si era trasferita sulla terra ferma.

Nella città dove era andato a vivere Luca, non arrivava nessun barcone dall'Africa, ma c'erano il traffico, il cinema e persino il lunapark.

Salvo, comunque, non avrebbe mai voluto andare a

stare sul continente, in quella città grande e piena di inquinamento, dove ci sono i supermercati, ma uno è obbligato a studiare almeno fino all'università.

Anche se dicono che lì, sulla terraferma, è tutto più facile, anche se non restano mai isolati a causa del troppo vento, Salvo preferiva vivere sulla sua isoletta, dove la sera si sentivano le berte cantare sul mare e se uno voleva, poteva fare il pescatore e quella era la cosa più normale di tutte.

Luca andò incontro all'amico con quella sua solita faccia da cartone animato e una pistola ad acqua con serbatoio gigante. Girava sempre con un'arma di quel tipo in tasca, motivo per cui già all'asilo gli avevano affibbiato il soprannome di *Bazuka*.

Non è che fossero mai stati amici del cuore, e poi da quando era partito con la sua famiglia, ogni volta che tornava stava ore a raccontare quanto era bello vivere in una città e i ragazzini del paese lo stavano ad ascoltare con la bocca aperta, come se improvvisamente l'Isola dei Conigli fosse il posto più inutile del mondo.

– Ah, sei tornato, che bello –, fece Salvo, appena fu davanti a lui, sforzandosi di sorridere e di dargli una specie di abbraccio.

In realtà, *Bazuka* era l'ultima persona che Salvo aveva voglia di incontrare in quel momento, mentre stava ancora domandandosi che cosa avesse in mente Bella per avergli chiesto quello strano favore. Ma se lo trovò davanti, all'angolo della piazza che sale verso il canyon che porta dall'altra parte dell'isola. E non poté fare a meno di fermarsi a salutare.

Bazuka sembrava entusiasta di vederlo. Ricambiò l'abbraccio e si mise le mani nella tasca di un giubbotto di jeans tipo quelli della pubblicità, che gli davano un'aria come se fosse già uno delle medie. Poi col dito pollice levato e una specie di faccia da furbo, ammiccò:

– Così dunque… fra te e Bella *Pagella*…

Salvo abbozzò, non si aspettava quella domanda, pensava che nessuno lo avesse visto parlare con la tipa dai capelli viola. – Ehm, no, io… cosa? –. Non gli venne subito in mente una risposta intelligente da dare.

Ma *Bazuka* non mollò la presa. Ghignò con aria complice, parandosi in mezzo alla strada, con i ferretti dell'apparecchio per i denti che scintillavano al sole.

– Dai, vi ho visto? Vi siete fidanzati?

– Ma cosa stai dicendo, sei fuori, Io e Bella *Pagella*? –, lo interruppe Salvo.

– Guarda che vi ho visto. Ti piace?

– Ma quale, ma cosa, ma chi… mi piace? Che stai dicendo, stavamo solo parlando. E tu piuttosto, sei appena tornato? È un sacco che non ti vedevamo.

Luca sorrise pavoneggiandosi nel suo giubbotto nuovo col marchio *Rangers* sul taschino davanti.

– Eh, già. Appena tornati. Adesso stiamo qui fino alla fine dell'estate. Poi viene anche mio padre, appena finisce di lavorare. Sai che lavora in una fabbrica, adesso?

Salvo annuì col capo con un'espressione di ammirazione:

suo padre faceva il pescatore, come quasi tutti gli uomini dell'isola. – Fico lavorare in fabbrica. E lo farai anche tu quel lavoro lì?

Bazuka rise: – E che ne so? Magari farò il liceo, e poi l'università. Mio fratello, pensa che vuole fare il medico.

Salvo era sempre più invidioso dell'amico. Dentro di sé cominciò anche a pensare che, d'ora in poi, ad ogni incontro, Luca, avrebbe fatto il vanitoso, raccontando tutte le cose belle che capitavano a lui e alla sua famiglia, come se non ci fosse niente di meglio al mondo che emigrare al continente.

– Va beh, bello. Invece qui niente, è sempre la stessa storia. Però adesso dovrei andare. Sono un po' in ritardo. Mi aspettano gli amici, sai, avevamo appuntamento. Comunque sono contento che sei tornato, magari ci vediamo in questi giorni –, gli fece, dandogli un buffetto sul cappello e facendoglielo volare a terra.

Ma *Bazuka* non aveva nessuna intenzione di restare solo. Adesso che era sull'isola, non vedeva l'ora di riunirsi alla banda. Di stare con i vecchi amici che, nella nuova scuola e nella nuova città, gli mancavano un sacco.

– Posso venire con te? –, chiese, raccattando la visiera gialla e ricacciandosela in testa.

– Ma veramente … –, tentò di dissuaderlo Salvo, capendo subito però che non poteva essere scortese, anche se l'avrebbe mandato via volentieri, perché già si immaginava che avrebbe fatto battute su Bella *Pagella* anche davanti agli altri amici.

Ma Luca *Bazuka* non era mica uno che si lasciava convincere facilmente. – Insomma, dai, stiamo un pò assieme, no? Volevo salutare gli amici. O in realtà hai qualcosa da fare con… con Bella *Pagella*? Perché nel qual caso…

– Ma va', che cosa ti sei messo in testa? A me quella non mi piace nemmeno. Figuriamoci –, lo stoppò subito Salvo, facendogli anche cenno con la mano perché capisse che era meglio fare aria.

– Dai su dillo che ti devi rivedere con Bella *Pagella*! Sennò perché fai tutte queste storie? Non sei contento che sono tornato?

Che rompi! Salvo gli avrebbe tirato un pugno sul muso subito, ma si rese conto che era meglio non farlo. – E va bene, vieni, se ci tieni, così sei tranquillo e lo vedi con i tuoi occhi, che non sto andando da Bella, ma dagli amici. Ma se sei tornato per rompere, ti avverto, potevi anche restare là da dove sei venuto, eh…

Luca fece un sorriso a denti stretti. In segno di pace gli allungò una gomma da masticare e, senza aspettare domande, cominciò a parlare. Come una macchinetta. Senza fare caso a niente, come se non fosse mai andato via.

Il coniglio, che aveva assistito a tutta la conversazione da dietro a un masso, saltellò via verso il vulcano. Si stava facendo troppo caldo per lui.

6

Tutti alle Zite

– Allora che fai, ci vai in quinta l'anno prossimo, o chiudono la classe e smetti di studiare?

Luca *Bazuka*, ogni volta che tornava, insisteva sempre con quella storia della scuola che rischiava di chiudere, una questione di cui si parlava da sempre, ma alla quale nessuno dei bambini dell'Isola dei conigli credeva.

Forse lo diceva perché era un pò geloso di quelli che restavano lì, sull'isola dove era cresciuto, mentre a lui lo avevano portato a vivere in un condominio di una città grande e nuova, dove non conosceva nessuno e il pomeriggio, finiti i compiti, non c'era nemmeno la spiaggia dove andare a giocare.

– È chiaro, l'anno prossimo faccio la quinta. Che domande fai? Ti pare che smetto di studiare? E poi, dopo la quinta, faccio anche la prima media, no? Poi, la seconda, la terza. Tutto normale, no?

– Ah – fece lui – perché invece l'altro giorno avevo sentito un'altra cosa.

– Che cosa?

– No, niente forse si sbagliavano. Dicevano che forse l'anno prossimo non ce l'avete più, la maestra.

Salvo si fermò in mezzo alla strada e lo guardò bene per

vedere se scherzava o se parlava serio. – E chi lo diceva?

– Che ne so. Lo dicevano i miei, parlando con qualcuno in paese. Ma magari ho sentito male. Magari era per dire.

– Massì, ma certo. Che cavolo dici, figurati se chiude la scuola. E poi se manca la maestra, ne manderanno un'altra, no?

– Sì, non è che tutti hanno voglia di venire a fare scuola in un'isola che è uno sputo in mezzo al mare.

– Oh, tieni a bada la lingua. – Sputo in mezzo al mare sarai tu. Mica l'Isola dei conigli.

– Dicevo per dire, come ti offendi per niente. Insomma, lo sai che anch'io gli voglio bene alla mia isolina. Poi adesso, da quando ci sono tutti questi sbarchi, capace pure che la scuola la trasformano in un centro per tenerci gli africani. L'ho sentito al telegiornale – mentì *Bazuka*, giusto per vedere la reazione dell'amico.

Ma Salvo nemmeno lo stava ad ascoltare. Pensava a due anni fa, quando era andato in pensione il maestro Antonio, e i bambini dell'isola avevano fatto scuola per tutto l'anno in videoconferenza, cioè collegati con una scuola sul continente tramite computer, perché non era arrivato nessun maestro sostituto. Altro che Africa.

– Ma che ne so – rispose secco a un certo punto, scacciando quel ricordo – e non mi interessa nemmeno tanto. Per ora c'è Rosaria, la figlia della farmacista. E ti assicuro che ci fa studiare eccome e rompe fin troppo con i compiti e tutto il resto.

In effetti, aveva ragione *Bazuka*. Sull'Isola dei conigli, la scuola era strana e vecchia, tutta gialla e scrostata dal sale del mare, piantata lì in mezzo al paese come una pianta di cactus, con le finestre che perdevano i pezzi e il vento che ci passava in mezzo. Un sacco di classi erano rimaste vuote negli ultimi anni, perché i bambini erano diminuiti. Tanta gente se n'era andata dall'Isola, partita a cercare lavoro sul continente. Una volta, prima della grande crisi, c'erano duemila abitanti, mentre quell'anno, secondo il sindaco erano arrivati a trecento, il minimo storico.

Di questi trecento, oltre cinquanta erano bambini, tutti figli di pescatori e dei negozianti che tenevano aperta bottega solo d'estate. Ragazzini cresciuti tutti assieme, come una grande banda di fratelli, ma niente a che vedere con la scuola di prima della guerra, quando sull'Isola dei conigli non c'era nemmeno una casa vuota.

Alle elementari, erano iscritti in trentotto, divisi in due aule. Una per i bambini di prima e seconda, una per quelli di terza, quarta e quinta. Poi c'era una classe per le medie. E quella era la scuola del posto.

Chi voleva continuare a studiare, fare il liceo e anche l'università, doveva andare per forza sul continente, come avevano fatto quell'anno Luca *Bazuka* e suo fratello maggiore.

– Ah ecco, sì, Rosaria. Era quello il nome, di lei parlavano –, fece Bazuka, come se improvvisamente gli si fosse accesa una lampadina. – Ho sentito che l'autunno prossimo se ne va a Roma a finire l'università e quindi voi restate di nuovo senza maestro.

Salvo si fermò di nuovo in mezzo al sentiero guardandolo storto. – Se è uno scherzo, è proprio uno scherzo idiota. Sappilo!

– Ma non è uno scherzo. Ti sto facendo la spia. L'ho sentito che lo dicevano i miei genitori, parlando con il tabaccaio, mica me lo sono inventato, che ti credi?

Salvo sbuffò. Non gli andava affatto di dare retta alle storie di *Bazuka*.

– Lo dici solo perché sei geloso, che tu sei dovuto andare via per colpa della scuola e invece ti sarebbe piaciuto molto di più restare qui con noi a fare i tuffi e mangiare la focaccia.

Luca si strinse nelle spalle e fece quella faccia storta col naso arricciato, che non si capiva se era per il sole negli occhi o perché era vero che non gli piaceva la sua vita lontano dagli amici e dall'isola dove era nato.

– Comunque, posso venire alle Zite con voi? –, rispose senza replicare.

– E vieni, basta che non rompi su Bella *Pagella* o sulla maestra Rosaria. Stattene *citto e muto* con gli altri, hai capito? – gli fece l'amico, mettendo un dito davanti alla bocca per essere ancora più chiaro.

– Una tomba –, rise lui.

– Bravo. E, a proposito di altri discorsi, suoni ancora il tamburo nella banda del paese? Perché io ho iniziato a suonare la tromba, lo sai? Così quando facciamo la festa della Madonna a mare, a ferragosto, se vuoi puoi venirmi a sentire.

– E certo che ci vengo. Ti pare?

Salvo scacciò via il pensiero di tutte le rotture che gli erano capitate quella mattina e si incamminò fischiettando.

Ci misero meno di dieci minuti per arrivare al molo delle Zite. Ma, contrariamente alle previsioni, non c'era nessuno che si tuffava. Degli amici nemmeno una traccia.

– E allora? Ti hanno mollato? –, domandò *Bazuka* sorpreso.

Salvo si guardava attorno stupito. – Andiamo a cercarli al molo dietro alla chiesa, si saranno spostati, perché lì è più protetto. Selvaggia voleva fare a tutti i costi il bagno.

Presero la strada che porta alla chiesa, facendo giusto in tempo a vedere con la coda dell'occhio un coniglio bianco che saltellando prendeva la strada verso il vulcano.

In quel momento, in piazza, c'erano ancora le vecchiette che vanno a dire il rosario di prima mattina, e poi si chiudono in casa per non prendere l'afa del mezzogiorno.

Al molo c'erano i pescatori che sistemavano le reti, dato che in mare non potevano uscire per via della burrasca. Salutarono Vito Lo Russo, quello che porta i turisti a fare il giro dell'Isola e conosce tutti gli scogli uno ad uno.

Lui di africani a mare ne aveva salvati diversi, perché li andava a recuperare anche dove la guardia costiera non si avventurava, vicino agli scogli della Secchitella. Era finito pure sui giornali, una volta che ne aveva salvati trenta, che stavano affogando, attaccati per ore alla rete dei tonni. Vito non aveva avuto paura e li aveva portati a riva un poco alla volta, caricandoli sul suo barchino.

– *Beddazzu* – salutò col suo accento marcato, spostando la visiera del suo cappello da capitano, che portava sempre per ripararsi dal sole – Ma non ci sei andato a scuola oggi?

– E certo che ci sono andato –, rispose Salvo con un sorriso. A Vito era affezionato, perché Vito gli portava sempre le conchiglie più grandi, quando le trovava nelle reti, e gli raccontava tutte le storie segrete dell'isola. Nessuno ne sapeva tante come lui.

– E a scuola non ti hanno detto qualcosa? Non mi dici niente?

– Niente di cosa? – lo guardò il bambino, sorpreso.

– Di Rosaria. Che fra un mese se ne parte.

Lo diceva con un'espressione triste perché a Vito la maestra Rosaria era sempre piaciuta, anche se era un sacco più giovane di lui. Faceva sempre il galante, ma lei nemmeno lo guardava. Pensava solo ai compiti e ai suoi alunni. E lui si dispiaceva perché non accettava mai i suoi inviti a fare un giro in barca.

Salvo rimase lì a bocca aperta. Ripensò subito a quel che gli aveva rivelato *Bazuka* poco prima. – E l'anno prossimo...? –, disse a voce alta.

– ... è quello che ci stiamo chiedendo tutti. Un'altra come Rosaria è difficile trovarla –, rispose Vito.

E si capiva che era proprio dispiaciuto, a dire quella cosa.

7

Una brutta notizia

Arrivati al molo dietro la chiesa, Salvo e *Bazuka* ritrovarono gli amici. Si erano rifugiati nell'unico specchio d'acqua tranquillo dell'isola, in un giorno di vento così forte. Ed erano tutti in acqua.

– Che facciamo? Bagno? –, disse Luca, come se niente fosse, cominciando già a spogliarsi.

– Ma quale bagno, io non ho nessuna voglia. Ho altro per la testa –, rispose Salvo, che invece era di umore nero, dopo quello che aveva sentito da Vito. – Che cavolo me ne frega di fare il bagno.

– Uhh, come sei arrabbiato. Te l'avevo detto, no? Ma tu non ci credevi – replicò Luca, sforzandosi di non sembrare scortese – E allora diciamoglielo anche agli altri, quello che succede.

Salvo non aveva nessuna voglia di continuare quella stupida conversazione con *Bazuka*, che tanto si vedeva che non gli spiaceva per niente di quello che sarebbe successo a chi ancora viveva sull'isola. Voleva solo trovare il modo di farlo tacere. – Ma tu… gli affari tuoi… non sei proprio capace di farteli?

Bazuka guardò l'amico con la faccia un pò perplessa. E sbuffò. – È inutile che ti arrabbi con me. Mica l'ho deciso io. Io, ti ho solo avvertito di quello che si dice in paese.

– Senti, finiscila. Non è che è l'unica cosa di cui parlare, no? Poi magari è una fesseria.

– Non lo è, fidati!

Ma Salvo non ci voleva nemmeno pensare. E meno se ne parlava, meglio era. Era un'idea semplicemente da respingere, bisognava fare come se non esistesse. Non era possibile che se ne andasse la maestra Rosaria.

Erano passati solo due anni, da quando se n'era andato in pensione il maestro Antonio, che faceva fare le gare di tabelline. E Salvo, modestamente, in quello era un drago. Il primo della classe.

– Beh, forse allora Bella *Pagella*, non ha avuto una brutta idea –, disse con la sua voce nasale Luca.

– Quale idea, scusa?

– Oh, ma che ti devo spiegare tutto io?

– Tutto cosa?

– Senti, se non sai niente, informati –, fece lui, misterioso, girandosi la visiera del cappellino all'indietro. – Comunque un'idea c'è. Sei tu, che te ne stai a girarti i pollici. Mentre gli altri si danno da fare.

Salvo lo guardò con un punto interrogativo negli occhi, sentendosi ancora più irritato dal fatto che *Bazuka*, arrivato fresco fresco dal continente, sembrava saperne più di lui, di quello che succedeva in paese.

In effetti gli era ancora del tutto oscuro il motivo per cui Bella *Pagella* lo aveva fermato quella mattina e che cosa effettivamente avesse in mente quando gli aveva proposto di portarla in bicicletta alla Mannarazza.

In giorni di maestrale, poi.

Non certo per fare il bagno, perché quello è il molo dove le onde sono più alte che in tutta l'isola.

Solo i pazzi vanno a nuotare da quelle parti in un giorno di vento e di mare forte.

Mentre cercava di venire a capo di quei pensieri, li raggiunse dalla strada della chiesa Dino, correndo tutto arrossato, in stato di evidente agitazione. – Ehi avete sentito l'ultima? – li interruppe – Se ne va anche Rosaria e forse a settembre la scuola la chiudono perché non ci sta più nessuno che vuole insegnare. Bisogna andare a cercare quel napoletano che vive sotto al vulcano: Giovanni. Lui faceva il maestro prima di venire ad abitare qui. Bisogna convincerlo a prendere il posto di Rosaria, come dice Bella.

Ecco, adesso tutto filava. Bella *Pagella*, Rosaria, Giovanni. Non poteva che essere stata lei ad avere l'idea di andare a stanare quel napoletano strano che si era costruito la casa sotto al vulcano, nel posto più impervio dell'isola. – Ecco perché mi ha chiesto di portarla a Mannarazza –, disse a voce alta Salvo, battendosi la fronte con una mano. – Quella pazza!

Da quelle parti, in effetti, c'era solo la casa di Giovanni. Un cubo dai contorni dritti e di colore giallo pallido, esposta a levante per vedere l'alba e per stare al riparo dai raggi del sole già dalle prime ore del pomeriggio quando il caldo diventava asfissiante. Per arrivarci bisognava fare una bella scarpinata in salita, in mezzo ai fichi d'india che crescevano in lunghe file dritte.

L'uomo aveva costruito la casa con le sue mani come fosse una poesia, forse nell'attesa di dedicarla a qualcuno.

Era un tipo veramente strano, in effetti.

Lui e la sua casa isolata. Lui e i conigli. Lui e i gabbiani. Lui e i capperi.

Erano mesi che nessuno lo vedeva in paese. Era arrivato due anni fa, ma non aveva stretto amicizia quasi con nessuno e si era ritirato in quel posto lontano per costruirsi quella casetta gialla.

Se ne stava tanto in disparte, che alla fine tutti si erano dimenticati di lui.

Solo Bella *Pagella*, che andava spesso a fare i tuffi sotto casa sua, ci aveva parlato diverse volte. E aveva saputo che, prima di venire sull'Isola, faceva il maestro elementare. Poi aveva avuto una delusione d'amore e aveva deciso di starsene da solo per pò.

– Forse è per quello, che vuole che la porti alla Mannarazza, dev'essere quello che ha in mente –, realizzò Salvo.

Luca e Dino, intanto, s'erano messi a scambiarsi le figurine dei calciatori, come se niente fosse.

Salvo, invece, si girò verso il centro dell'isola, dalla parte di collina che si affaccia sul vulcano. Come se da lì, improvvisamente, vedesse spuntare una buona idea per allontanare tutti i pensieri di quella mattina.

8

Allora è vero!

La sera stessa Salvo andò in piazza, all'ombra del grande ficus dove si radunano i vecchi del paese e i gatti appena nati. Cercava Bella e sapeva che a quell'ora lei arrivava con la madre per aiutarla a portare a casa la spesa.

La vide comparire dalla strada del fruttivendolo, con una sporta di fagiolini e un melone giallo sotto al braccio.

– Ciao, volevo dirti che va bene, allora.

Lei gli buttò addosso uno di quei suoi sguardi sorridenti che tagliavano le gambe in due. – Bravo, questa è una buona cosa. E quando allora?

Sua madre, che era pochi passi avanti, le lanciò un richiamo, perché vedeva che si era fermata a parlare.

– Anche domani pomeriggio, sul presto, appena finita la scuola, se vuoi –, si affrettò a risponderle.

– Ok –, fece lei, strizzandogli l'occhio con quell'aria da grande, come se fosse già praticamente una delle medie. Non sembrava stupita di vedere l'amico disponibile così in fretta, come se non si aspettasse niente di diverso.

Salvo si augurò solo che non ci fosse in giro Luca *Bazuka* o qualcun altro della banda. Non voleva essere di nuovo preso in giro, o che qualcuno si mettesse in testa idee strane, per esempio che lui andasse dietro a Bella.

Quello era l'ultimo dei suoi pensieri.

– Tu e Bella ve la fate, tu e Bella state assieme –, se le sentiva nelle orecchie, le voci di quelli che ridevano di lui. Preferiva di molto i conigli e gli altri animali, che si fanno i fatti loro e non prendono in giro gli amici.

Si guardò attorno. C'erano solo quelli delle barche che si mettevano d'accordo per partire la sera a pescare. Li sentì parlare del mare. – Domani si calma – preannunciò Vito, con le rughe delle fronte lunghe e profonde come solchi nella terra appena arata. – Domani si potrà uscire a pescare senza problemi. E vedrete che ricominceranno anche gli sbarchi. È una settimana che non arriva nessuno. Adesso staranno già in viaggio. Bisogna prepararsi ad andare a raccattarli.

A sentire quelle previsioni, davanti al Vicolo delle Lische, annuiva anche Tina, la vecchia più vecchia del paese, col suo grembiule blu e la chiave del magazzino dove affitta le bici, gli occhiali sul naso e il braccio ripiegato sul fianco.

– Salvo, che fai ancora in giro a quest'ora? – chiese con la sua voce gracchiante, guardandolo di sghimbescio attraverso le sue lenti rotonde. – Non vai a casa? Ci saranno i tuoi in pensiero. Lascia stare i discorsi dei grandi. Che ne hai di tempo per diventare grande.

Il bambino le sorrise e montò sulla bicicletta con la visiera del cappello bianco ben calata sulla testa, gli occhialini rossi da sole e una voglia addosso di fare presto ad andare a casa.

Stava pedalando dritto sulla strada esterna del paese, quella che affaccia sulla scogliera e passa sotto al faro, quando sentì alle sue spalle un fischio.

Si girò chiedendosi chi fosse. Di solito a quell'ora poteva incrociare sulla strada Dino Salto, ma quello non era il fischio suo.

Si voltò, scrutando il panorama a destra e a sinistra, notando solo qualche coniglio che si rintanava nei cespugli. Poi, aguzzando meglio la vista, si accorse di Rosaria, la maestra, che lo rincorreva, sbracciandosi e pedalando col fiatone per raggiungerlo, con tutta la ciccia delle gambe arrossate dal primo sole preso nella stagione.

– Salvo, fermati –, gridò la donna, quando si rese conto che l'aveva vista.

Il ragazzino accostò sul lato verso il mare, con tutto il vento che gli fischiava nelle orecchie e la terra che si alzava dai campi dei capperi. Le sorrise, quando lo raggiunse. Ma era anche un pò imbarazzato per quella storia delle voci che giravano in paese. Non sapeva come fare a chiederle se era vero, allora, che aveva deciso di andare via dall'isola. Salvo sapeva già che, in quel caso, non sarebbe assolutamente riuscito a trattenersi dal dirle che gli spiaceva. Ma gli spiaceva proprio tanto. Quasi più che al pescatore Vito.

Lei lo tolse dall'imbarazzo e andò subito al sodo.

– E allora, te l'hanno detto, vero? –, chiese a bruciapelo.

Salvo era uno dei suoi alunni preferiti perché era sveglio e sensibile. Gli voleva bene, anche se a volte gli dava la nota. Lo faceva proprio perché ci teneva a lui e lo teneva sempre a bada con la coda dell'occhio: voleva che imparasse a stare bravo in classe. E poi subito se ne pentiva. E il giorno dopo gli regalava una gomma da masticare.

Rosaria non aveva bisogno di fare tante domande: si capiva dall'espressione, che il ragazzino aveva già avuto la notizia e che era triste come una mattina di pioggia.

– Eh, sì, me l'hanno detto. Ma speravo che non fosse vero –. Non gli vennero fuori altre frasi, lì per lì, ma in quel momento l'avrebbe persino abbracciata, la sua maestra, anche se non era certo un tipo che amava le effusioni.

– Peccato, sì. Mi spiace di lasciarvi, questo te lo volevo dire. Però non potevo fare diversamente, mi capisci no?

Salvo, a dire il vero, non capiva per niente quella decisione, perché secondo lui non c'era un posto al mondo migliore di quell'isola. E quindi, non si spiegava proprio perché la maestra se ne volesse andare.

Per di più, col rischio che a causa di questa partenza, chiudessero la scuola del paese. Gli sembrava un'ingiustizia.

– Ma secondo te, allora, alla nostra classe che succede? – chiese alla maestra. – Lo trovano un altro che ci viene a insegnare?

Lei lo guardò con quella sua faccia paffuta tutta a chiazze di una che si è scottata al sole. – Ma sì, io spero proprio di sì. Non dovete preoccuparvi, che una soluzione la trovano, in un modo o nell'altro.

Però lo diceva con un'aria così poco convinta, che il bambino la guardò in modo strano. Era la prima volta, in tanti anni che si conoscevano, che gli sembrava di non poterle credere.

Di solito era molto affettuoso con lei, ma adesso, adesso che lei gli aveva confermato quelle voci che giravano in paese, Salvo non voleva più abbracciarla. Come se tutte le cose fatte assieme fino a quel momento, fossero state cancellate in un secondo. Come se avesse scoperto un tradimento.

Il coniglio, che aveva assistito a tutta la scena da dietro alla curva della strada, girò le grandi orecchie pelose in direzione del vento e si strofinò il naso con una zampa. Non gli piacevano le scene strappalacrime.

9

Alla Mannarazza

L'appuntamento con Bella *Pagella* era alle quattro davanti al molo del porto vecchio, che da lì parte la strada che porta in fretta alla Mannarazza.

Avevano deciso di fare il giro dalla parte del canyon che divide l'isola e spacca in due i campi coltivati a cactus e i pochi orti di pomodori. Strade che avevano percorso mille volte, fin da quando erano piccoli, appena avevano imparato ad andare da soli in bicicletta.

L'isola era uno sputo, uno scoglio in mezzo al mare, che ci si metteva mezz'ora neanche a percorrerla tutta. Anche i bambini, potevano farlo.

Da quella parte dell'isola, appena sotto a quel che resta di un vulcano esploso migliaia e migliaia di anni fa, ci stava anche la casa del *capraro*, cioè quello che aveva le capre, che quell'inverno si era preso anche due mucche.

Salvo, come tutti i bambini dell'isola, da quando era nato, non aveva mai visto una mucca e quando il *capraro* aveva deciso di farne venire due dal continente, per il paese era stato una specie di evento.

Tutti si ricordavano del giorno in cui le vacche erano sbarcate dal traghetto. C'era tutto il paese sul molo ed era pure scattato un applauso, come se fossero scese due attrici del cinema.

E invece erano solo due mucche. Due bianchine che servivano solo a fare il formaggio fresco, mentre per il latte ci si doveva arrangiare ancora con quello a lunga conservazione che arrivava dal continente.

Stava pensando a quella scena delle mucche, quel pomeriggio, quando arrivò Bella con tutti i capelli lunghi e viola che volavano per il Maestrale. Aveva un sorriso strano sulla faccia che Salvo non riusciva a interpretare.

– Questa si sta facendo troppo furba –, pensò salutandola con un cenno del mento, cercando di non tradire l'emozione.

– Sei in anticipo – disse lei sorridendo con due occhi da gatta – Sei pronto per la spedizione, allora?

Lui alzò le spalle perché non voleva darle soddisfazione, che non si mettesse in testa di aver avuto chissà quale idea geniale.

– Andiamo va, che poi devo tornare ad aiutare mia nonna al negozio.

Lei montò dietro sulla Bmx mettendo i piedi sui supporti e le mani sulle spalle, lui partì facendo una fatica becca perché il primo pezzo era un bel po' in salita, ma non voleva sembrare uno sfaticato. Quindi tirò dritto, ansimando, cercando di non morire per lo sforzo.

Bella non sembrava minimamente preoccupata per la fatica che stava facendo l'amico: si vede che era già abituata a farsi trattare come una principessa.

Poi iniziò la discesa e la bici cominciò a filare dritta

come un missile.

Salvo a quel punto si sentì chissà perché super sicuro e lei lanciò un urlo, che il bambino interpretò come di gioia o di entusiasmo.

Ma cinque minuti dopo capì che forse, in realtà, aveva paura. Stavano andando molto forte. Il vento si infilava nei capelli ed era meglio tenere chiusa la bocca per non ingoiare la sabbia che si alzava fine dal sentiero sterrato.

Salvo non pensò nemmeno un secondo a frenare e rallentare, come per dimostrarle che anche lui sapeva il fatto suo. Fece finta di non sentire le grida dell'amica e si lasciò andare giù per la discesa, guardando la superficie del mare tutta dorata del sole che scendeva andando verso la direzione del tramonto.

Arrivarono alla Mannarazza in un batter d'occhio. Quando inchiodarono davanti allo sterrato che porta al molo, Bella salto giù come una cavalletta e cominciò a strillare con aria veramente arrabbiata.

– Ohu! Ma sei *scimunito* ad andare così veloce? Guarda che io ti ho chiesto un passaggio, ma non mi voglio mica *rumpiri l'ossa*?

Lui la guardò in controluce sorridendo soddisfatto perché era riuscito a farla un po' arrabbiare e perché voleva vedere fino a che punto arrivava la sua fifa. Così imparava a fare tanto la capo banda, che anche lui sapeva farsi rispettare, quando voleva.

Così la prossima volta ci pensi due volte, prima di chiedere un passaggio sulla mia Bmx, pensò dentro di sé, ma senza dirlo ovviamente, e la fa finita con quell'aria da prima della classe.

Bella strizzò gli occhi come un gatto. – Mi hai fatto prendere paura, sai?

– Esagerata, non ho fatto niente di pericoloso.

Lei sbuffò, ma decise di non farla lunga. – Dai, su, andiamo, che da qui c'è un pezzo da camminare per arrivare a casa di Giovanni.

Indicò col dito un punto chiaro in mezzo al nero della terra vulcanica e al verde brillante dei fichi d'india con le loro foglie piene di spine e di frutti non ancora maturi.

– *Mììì...* se è lontano –, commentò, per niente contento della nuova sgobbata che lo aspettava. – Ma sei sicura che c'è qualcuno? –, chiese, osservando la casa, che da lontano sembrava chiusa e sbarrata.

– Boh, chi lo sa? – rispose l'amica - È un sacco che non lo vedo. Proviamo... non c'è altro modo che andare a stanarlo.

10

Capperi e fichi d'India

– Certo che non deve essere *giustu*, sto' Giovanni –, sbuffò, Salvo, mentre saliva fra i fichi d'india e le piante di cappero, voltandosi ogni tanto a guardare il riverbero dorato del sole sul mare.

– Perché? –, rispose Bella, che invece sembrava perfettamente a suo agio, inerpicandosi come una capra in mezzo ai cespugli.

Non videro nemmeno un coniglio, ma i conigli videro loro salire su per il sentiero, e scapparono in tutte le direzioni, domandandosi perché quegli intrusi si affannassero fino a lì. Da mesi non vedevano umani.

– Ti sembra un posto normale per andarci a vivere?

– Non è che tutti devono per forza abitare in paese, no?

– Già – ansimò lui - ma fra l'abitare in paese e l'abitare sulla cima di un vulcano, ci possono essere delle vie di mezzo, non trovi?

– Oh, come la fai difficile. Guarda che bel panorama, scusa. Mi sembra un bel posto.

– Un bel posto, ma piuttosto scomodo. Ogni volta che devi andare a comprare qualcosa, devi fare mezz'ora a piedi prima di arrivare alla strada.

– Eh, va beh, c'è di peggio –, alzò le spalle Bella, facendosi una crocchia di quei capelli viola con un elastico giallo fosforescente.

Lui la guardò con l'aria un pò stravolta: – Tipo? Peggio di così, che cosa c'è?

– Pensa abitare in una città, per esempio – gli rise in faccia lei – con le macchine, l'inquinamento. Magari una città dove fa freddissimo e piove sempre. Ecco, pensa quello. Per me meglio stare sotto al vulcano, in una casa che guarda il mare, con gli uccelli che cantano e il verde attorno.

– Beh – la interruppe lui – non è che ci sia tutto questo verde, qui. Solo fichi d'india e capperi.

– Eh…dici poco. Preferisci l'asfalto? –, lo derise la bambina, mettendosi a correre come se quella strada l'avesse fatta mille volte e fosse allenata.

– Ehi, aspettami! Dove corri?

La vide che spariva dietro a un muretto, dove erano stati piantati arbusti fioriti e profumati, come se il proprietario della casa volesse renderla più accogliente, ingentilire l'ingresso.

Si vedeva però che quegli arbusti non venivano bagnati da un pò. Avevano tutte le foglie mosce che pendevano in giù, come la lingua a penzoloni di Salvo, quando riuscì ad arrampicarsi fino a quell'ultimo gradino davanti alla casa.

Con l'ultimo rimasuglio di forze, si trascinò davanti alla porta dell'abitazione e cercò con lo sguardo un posto all'ombra dove sedersi, in quella terrazza bianca, inondata di sole, a strapiombo sulla valle con una vista che spaccava gli occhi sul mare di un blu immenso.

Bella, invece, era lì davanti, tranquilla e sorridente, con un braccio appoggiato al muro in una posa da star del cinema e la mano fatta a pugno per picchiare sul legno dipinto di verde della porta.

– C'è qualcuno? – ripeteva a voce alta – Giovanni? Ci sei?

Salvo, ansimando, si sedette sul parapetto di cemento con vista sulla pianura e sul mare increspato dal vento. Uno spettacolo portentoso. Blu cobalto del mare, verde smeraldo dei fichi d'india, il diamante del sole piantato in mezzo all'indaco del cielo. Attorno, solo canti di uccelli e il rumore metallico delle cavallette nascoste nelle sterpaglie.

Mentre prendeva fiato, si domandò se da qualche parte avrebbero trovato da bere. Aveva la gola in fiamme. Pensò con sollievo a Giovanni, sperando che comparisse presto ad aprire la porta, magari già con una caraffa d'acqua in mano. Ma i minuti passavano e i richiami di Bella non sembravano sortire alcun effetto. La guardò con aria interrogativa.

– Non c'è?

Lei si mise le mani sui fianchi e fece una strana smorfia.
– Uhm… non risponde. Che sia fuori?

Salvo la guardò di nuovo facendosi schermo sugli occhi con la mano. – Vuoi dire che siamo venuti fin quassù e quello non c'è?

Lei allargò le braccia, con l'aria di chi non si spiega quel che sta succedendo. – Boh. Chi lo sa. Giovanni è un tipo strano.

– Questo l'avevo intuito. Ma magari sarà fuori per lavoro.

Bella piegò le labbra verso il basso e sospirò. – Magari.

– Non mi sembri molto convinta. Hai qualche dubbio?

– In effetti, il mese scorso, l'ultima volta che l'ho visto faceva discorsi strani.

– Tipo?

– Boh, tipo che voleva partire, mollare tutto, andarsene.

– Vuoi dire che mi hai fatto venire fino a qui per niente? Salvo era furibondo, oltre che assetato, terribilmente assetato. In bocca una sensazione di sabbia, tutta la maglietta sudata e le scarpe impolverate dopo quella salita assurda che lei gli aveva imposto. Che idea geniale, seguirla fino a lì.

– Io speravo di trovarlo, a dire il vero. Non pensavo che dicesse sul serio. Sai, è anche uno che esagera. Anzi, secondo me, è qui in giro. Adesso arriverà, aspettiamolo un pò, dai.

– Ma io sto morendo di sete –, la guardò lui a quel punto con aria supplichevole, prima ancora che arrabbiata.

E fu in quel momento che lei fece una mossa per cui Salvo rinunciò all'istante a metterle le mani attorno al collo per strozzarla, dopo che lei lo aveva trascinato fino a lì senza una ragione: tirò fuori dallo zaino una bottiglia di thé freddo alla pesca.

Avrebbe voluto quasi abbracciarla dalla gioia. Ma non era un tipo da effusioni, questo si sapeva fin dall'inizio.

Così restò al suo posto aspettando solo che aprisse quella bottiglia e che gliene desse un sorso.

11

Giovanni, il napoletano

Stavano lì, con i piedi a penzoloni giù dal muretto, la bottiglia di plastica del thé quasi finita in mezzo a loro, e lo sguardo perso nel vuoto, mentre calavano finalmente il sole e la calura, quando sentirono un fischio.

Un fischio noto alle loro orecchie, di quelli fatti con i due mignoli piantati ai lati della bocca. Un sibilo che si sovrappose al silenzio della campagna, dove regnava solo il verso delle cicale e di qualche raro gabbiano spintosi fino a lassù dal mare.

Si voltarono all'istante verso la stradina che spariva fra i cactus e videro sbucare la visiera gialla e il sorriso metallico dell'apparecchio per i denti di Luca *Bazuka*.

– Vi ho beccato, eh! –, li canzonò con la sua aria da rompiscatole. – Volevate stare un pò da soli?

– Oddio, e tu... – Salvo fece un gesto come per respingerlo allargando le cinque dita di entrambe le mani – E tu... da dove spunti?

– Spunto da giù. Vi ho seguiti. Dove volevate andare senza di me? Vi ho visti da lontano, vi ho anche chiamati. Ma non mi avete risposto. Allora sono volato a casa, ho preso anche io la bici e mi sono messo all'inseguimento. Tanto la strada è una, non è che si può sbagliare, no?

Prima o poi vi avrei trovato.

Salvo alzò le sopracciglia, avrebbe tanto voluto fargli capire quanto lo odiasse. Ma si trattenne. Poveraccio, pensò fra sé e sé, dopo tutti quei mesi passati in città, si poteva capire che ci tenesse a stare in compagnia.

Bazuka sembrava voler fare di tutto per essere irritante. – Ma che ci siete venuti a fare, qui? –, chiese con aria sospettosa.

– E tu ti devi sempre fare gli affari degli altri? – Salvo strappò un filo d'erba e se lo mise in bocca, assaporando il gusto selvatico che usciva dal gambo.

Bazuka si sistemò la visiera all'indietro e rise. – Quanto la fate lunga. Volevo stare un pò in compagnia, no? Potrei aiutarvi, magari.

– Ma aiutarci a fare che cosa? – sbuffò Salvo – Non c'è niente da aiutare. Cercavamo una persona e non l'abbiamo trovata. Quindi ora riprendiamo la bici e torniamo a casa. Sei contento, ora?

L'amico fece una smorfia di rassegnazione. – Ah, capisco. Ma chi cercavate, di preciso?

Bella si sciolse i capelli viola e gli piantò le pupille negli occhi. – Cercavamo Giovanni. Ma tu non lo conosci. Quindi, non vedo che ti interessi. È uno che faceva il maestro.

Luca *Bazuka* fece una faccia strana. – Giovanni il napoletano?

– Sì, Giovanni, il napoletano. Perché? Lo conosci?

Luca allungò il collo come una tartaruga. – È venuto a

casa nostra l'altra sera, se è quello che dico io. È uno alto, con gli occhialini rotondi, capelli brizzolati?

Bella gli si parò davanti. – Sì, Giovanni, ce n'è uno solo di Giovanni napoletano qui sull'isola. Mica ce ne sono molti, no? E che ci faceva a casa tua?

– Che ne so. È venuto a parlare con mio padre. Mi sa che si conoscono. Li ho sentiti che si mettevano d'accordo per la casa.

– Cioè? –, chiese Bella con aria sorpresa. – Quale casa?

– La nostra casa di Napoli. L'ha chiesta in prestito, fino a quando non se ne trova una sua.

Le dita di Bella unite a forma di carciofo sventolarono davanti al naso di *Bazuka*: – In che senso? Viene a stare da voi?

Salvo non ci capiva più niente in quella conversazione, ma gli era chiaro che fra i due c'era un malinteso.

– Ma no, che hai capito?, non casa nostra qui. Casa nostra a Napoli. Mi sembra che dicesse che si voleva trasferire lì, che ci voleva venire a lavorare. O non ho capito a fare esattamente cosa. Ma ho capito che era in partenza. E mio padre gli ha dato un mazzo di chiavi e alla fine gli ha detto buona fortuna.

Lo sguardo di Bella si fece scuro. – Anche Giovanni in partenza? E senza nemmeno salutarmi?

Bazuka non sapeva che cosa dire e Salvo nemmeno.

Si vedeva che lei c'era rimasta proprio male. E forse non solo perché questa notizia mandava in fumo il suo piano per trovare un nuovo maestro alla scuola dell'Isola.

Da quelle poche parole sbocconcellate in mezzo al niente di quella spianata di terra sotto al vulcano, sembrava evidente che Bella e Giovanni dovevano essere stati amici. E che la bambina ci era rimasta di sasso a sentire che anche lui, il gigante solitario della montagna, se n'era andato al continente. Sembrava che fosse scoppiata un'epidemia di partenze, per di più senza nemmeno un abbraccio o un saluto.

– Non è possibile. Sicuro ti sbagli – disse decisa Bella – Adesso ti faccio vedere io. So come si entra in questa casa e vedrai che ti sbagli. Uno che parte, mica lascia la casa aperta, no?

Salvo rimase due passi indietro, perché quando *Pagella* si mette in testa una cosa è meglio non contraddirla. *Bazuka* invece non si fece pregare e le si mise alle calcagna mentre quella faceva il giro della casa.

12
Conigli!

Dietro alla casa c'era un piccolo lavandino ricavato nel muro con la bacinella di ceramica colorata come quelle che si usano per l'insalata. Sotto c'era un armadietto e da lì Bella tirò fuori un mazzetto di chiavi con cui aprì senza sforzo una delle tre porte di legno verde, che stavano sulla facciata color giallo limone della casa.

E fu entrando, che ebbe la sorpresa più brutta.

Il letto, la cucina, il tavolo di legno chiaro, quel divano strano rosso a forma di siluro, tutto era coperto da lenzuola bianche, come se chi abitava in quella casa avesse preparato ogni cosa prima di una grande partenza.

I mobili erano avvolti nei teli bianchi. Forse per evitare la polvere.

Per terra Salvo notò alcuni strani pallini rotondi neri. Pensò a sassolini finiti per caso all'interno di quella casa in cui tutto era estremamente ordinato.

– Che strano –, si lasciò sfuggire l'amica, aggirandosi fra i mobili in quel silenzio inquietante.

– Comunque – sottolineò *Bazuka* – questa ha tutta l'aria di una casa che doveva restare chiusa per un po'. Non è che uno che va a comprare il pane, si mette a coprire tutti i mobili, no? Questo se n'è andato, datemi retta.

Salvo continuò la sua ispezione. Aprì la porta di quello che doveva essere il bagno, in fondo al corridoio con tutte le imposte delle finestre chiuse. Osservò un altro mucchietto di quei pallini neri rotondi per terra. Se non fosse stato per l'ordine quasi maniacale di quella casa, avrebbe detto che fossero cacche. Forse cacche di uccello. Oppure di capra.

– Che cosa sono, secondo voi, questi *cosi* neri rotondi che ci sono a terra? –, chiese all'improvviso, quasi per rompere la tensione che si era creata.

Bella lo guardò storto, come se quello fosse un dettaglio da niente, in quel momento così impegnativo. – Boh. E poi chi se ne frega.

– Non ti sembrano cacche?–, insisté Salvo.

– Ma stai zitto, va'. Quali cacche. Non dire scemenze. Piuttosto… – Poi sbuffò e si sedette su una delle sedie bianche a forma di conchiglia che stavano attorno al tavolo della sala.

– Piuttosto cosa? –, replicò lui.

– Insomma. Non lo capisci? Ha ragione *Bazu*. Quello è partito. Se n'è tornato a Napoli. E noi, adesso? Come facciamo a farlo tornare?

Salvo si sentiva utile come un cetriolo, in quella situazione, davanti all'amica che si innervosiva e che sembrava aver perso tutta l'allegria con cui erano partiti per quella spedizione.

Salvo decise di lasciarla sbollire e continuò il giro per le stanze vuote, osservando con curiosità la quantità di oggetti strani che quel Giovanni aveva accumulato in casa sua. Immagini della Madonna della Pozzolana, vasi di conchiglie e di sassi colorati, aquiloni montati e appesi al soffitto, foto ingiallite dell'isola quando ancora non c'erano la luce e le strade asfaltate, lampade a forma di elica e di imbuto, candele profumate, pezzi di legno raccolti probabilmente in spiaggia ed esposti sulle mensole come se fossero opere da museo.

La casa di un uomo che aspetta qualcuno o che ama la poesia, perché non c'era nulla lasciato al caso.

Prese in mano una piccola barca fatta con lattine di metallo e dipinta forse dalla mano di un bambino. Era proprio bella e cercò di capire se sarebbe riuscito a farne una anche lui, ispirandosi a quel modello. Forse avrebbe potuto persino portarsela a casa – pensò – tanto non c'era nessuno che si sarebbe accorto della sparizione.

Non ci vedeva bene per via della penombra in cui era avvolta la stanza e si mise allora davanti alla finestra, per studiarne i particolari. Fu proprio in quel momento che sentì un fruscio in mezzo alle gambe.

Abbassò gli occhi e vide qualcosa di bianco e peloso sgusciargli fra le gambe.

Era un gatto? O che cosa? No, non un gatto. Ma un animale di sicuro.

E mentre si chiedeva questa cosa, dall'altro lato della stanza, dove c'era il letto, un'altra palla di pelo chiaro sbucò fuori a razzo e si mise a correre per la stanza.

Gli uscì dalla gola un urlo, o forse un'esclamazione di

stupore. – Ehiii… guardate. C'è una bestia… in casa!!!

Nello stesso istante anche Bella disse qualcosa di simile e aggiunse. – Un coniglio!

Anche *Bazuka*, dal bagno dove si era ritirato da qualche minuto con un giornalino in mano, fece sentire la sua voce: – Due conigli!

In pochi secondi si resero conto che di conigli a quel punto ne avevano visti almeno tre, o quattro, contemporaneamente.

E va bene che quella era l'Isola dei Conigli, ma la prima cosa che venne loro in mente era che forse il proprietario della casa non era partito per lasciare spazio ai quattro zampe pelosi.

Prima che riuscissero a concludere quel pensiero, sentirono il rumore di qualcosa che si rompeva nella stanza accanto. E il tonfo di una sedia che cadeva. – Bestiaccia, vieni qui –, imprecò Bella.

Bazuka tirò l'acqua del gabinetto e sembrò entusiasta dell'idea di unirsi alla caccia.

Salvo immaginò subito come poteva andare a finire. In poco meno di dieci minuti quella perfetta casetta si sarebbe trasformata in un campo di battaglia, se avesse lasciato a *Bazuka* la libertà di intervenire in soccorso di Bella nella caccia al coniglio.

– Alt! – urlò – siete pazzi? Fermi. Non vorrete distruggere la casa. Sono conigli. È impossibile prenderli con le mani. E comunque, avete visto che avevo ragione io? Quelle per terra, sono cacche! Cacche di coniglio! Ve l'avevo detto che era così.

Bella si chinò. Prese in mano una di quella specie di olivelle nerastre e marroncine che erano un pò in tutti gli angoli. Se la portò al naso. – Mah. In effetti … potrebbe essere. Questo vuol dire…

– Vuole dire che i conigli hanno fatto la tana in casa del tuo amico ah ah ah –, rise *Bazuka*, come se trovasse la cosa super divertente.

13

Una trovata geniale

Dopo un'ora che rincorrevano quelle bestie in giro per la casa, i bambini capirono che non ce la potevano fare a stanarli tutti. Almeno, non da soli.

Occorreva tornare in paese e fare un piano. Certo, non potevano dire ai genitori che erano entrati nella casa di qualcuno senza chiedere il permesso, di nascosto.

Quindi decisero che ne avrebbero parlato con gli amici della banda.

Ormai era quasi il tramonto, la calura era scesa, e rifare la strada verso il paese all'incontrario, costò a Salvo molto meno fatica che all'andata.

Stava davanti, sulla sua Bmx, con Bella aggrappata alle spalle. Dietro lo seguiva *Bazu*, con la visiera all'incontrario per essere più aereodinamico e la pistola ad acqua nel cestino della Graziella di sua madre.

Si diedero appuntamento per la sera. Dopo cena, si ritrovarono in piazza con gli amici, i compagni di scuola.

Il primo ad andare incontro a Salvo fu Dino, il solito dito nel naso e l'aria un po' arrabbiata perché nel pomeriggio era andato a cercare l'amico del cuore al negozio di sua nonna e non lo aveva trovato.

– Mi ha detto tua nonna che sei andato via in bici perché

avevi un appuntamento –, disse con aria imbronciata.

– Sì, appunto di quello ti volevo parlare. Siamo andati con Bella a cercare il napoletano, Giovanni, quello che abita al Vulcano e...

Dino allargò le braccia e si vedeva dall'espressione che considerava una specie di tradimento che l'amico fosse andato al vulcano senza chiamarlo e per di più in compagnia di una femmina. Di Bella, per di più, che è una mica facile da riuscire ad andarci in giro assieme.

– E...? Cosa?

– Lui non c'era. Credo sia partito, non c'era nessuno a casa sua. Quindi l'idea di Bella di chiedergli di venire a scuola nostra, cade.

Dino fece una faccia così, come se non gliene fregasse nulla.

– Sì, ma, dei conigli non glielo dici? –, intervenne allora *Bazuka,* intromettendosi nel discorso, senza che nessuno gli avesse rivolto la parola.

– Che conigli? –, si animò Dino, mettendosi a zampettare con le mani ripiegate sul petto e sporgendo i denti in fuori, appunto come un coniglio.

– Che c'entra? – Salvo fulminò con lo sguardo *Bazu,* non avrebbe voluto parlare di quello a tutta la banda. – Chi se ne frega dei conigli.

Ma *Bazuka* ormai sembrava aver deciso di spifferare tutto a tutti. – Beh, è divertente – ammiccò – Si può fare la caccia al coniglio. Sempre meglio di niente.

Dino Salto rise, continuando a rimbalzare in cerchio.

L'idea parve subito anche a lui molto interessante.

– Non avete capito. Il problema non sono i conigli: il problema è un altro. Bisogna trovare qualcuno che venga a fare il maestro, visto che la nostra se ne va. Se non vogliamo che chiuda la scuola, Giovanni è l'ultima possibilità. Altrimenti, l'anno prossimo ci tocca andare tutti all'Isola madre, o peggio sul continente, a fare lezione.

Mentre stava cercando di spiegare, da dietro sentì la mano di Selvaggia battergli sulla schiena.

– Conigli? Ho sentito bene? Avete trovato dei conigli? –

Salvo alzò gli occhi al cielo. – No, no, quali conigli... –

Ma *Bazu* naturalmente non riuscì a stare zitto. – Ma sì, che abbiamo trovato dei conigli.

– E dove? – si illuminò Selvaggia – Si possono vedere? –

Ecco, la frittata era fatta.

Adesso tutti si sarebbero concentrati sui conigli e nessuno avrebbe più pensato alla questione della scuola.

– Lupo – urlò la gemella – Vieni qui. Ci sono dei conigli da catturare.

Salvo le avrebbe tirato un calcio negli stinchi, perché in meno di un minuto erano tutti lì attorno, i ragazzini del paese.

Bazu fu accerchiato dal resto della banda e si mise a spiegare fin nei minimi dettagli la storia della casa piena di conigli e di cacche di conigli.

Ovviamente, tutti gli altri trovarono la vicenda assai divertente. E cominciarono a spararne di tutti i tipi pensando a quel che si poteva fare in una situazione come quella.

Bella, che arrivava in quel momento, si accostò al gruppo e si mise ad ascoltare. Sembrava rimuginare qualcosa, mentre Lupo spiegava a tutti di un marchingegno che aveva inventato per catturare i topi e che senz'altro sarebbe andato benissimo anche per i conigli.

Prese Salvo sotto braccio e lo portò a qualche metro di distanza.

– Sai che potrebbe essere una buona idea? Potremmo usare questa storia dei conigli per convincere Giovanni a tornare.

Lui la guardò scettico. – In che senso?

– Nel senso che potremmo mandargli delle foto della sua bella casetta piena di conigli e di bambini che danno la caccia ai conigli. E di cacche di coniglio dappertutto.

– Foto? E come facciamo a mandargliele?

Bella a questo non aveva pensato. Ma trovò subito una soluzione. – Per esempio col telefonino. Mia madre lo fa sempre, quando deve mandare una nostra foto a sua sorella, che vive a Milano.

L'amico la guardò stupito, anche perché nessuno aveva il telefonino fra gli amici.

Ma Bella sembrava sapere già come si poteva fare. Aveva una strana luce negli occhi, come un riflesso di luna caduto dal cielo. Salvo restò un secondo fermo impalato a guardarla, prima che lei lo riscuotesse dal suo incanto.

– Ouh! Che fai? Ti sei imbambolato?

– Chi? Io? No, sono pronto. Dicevi?

– Seguimi –, fece lei con aria decisa. – Ho già in mente

un piano preciso.

Si allontanarono dal gruppo, andando verso il molo.

Le berte avevano già cominciato a volare basse sulla scogliera, che cominciava poco distante dalla strada che usciva fuori dalla piazza del paese. Si sentiva il loro richiamo misterioso affondare nel buio della notte. Andavano e venivano dalle grotte sulla scogliera dove c'erano le uova da covare.

Ma i due bambini non ci facevano caso, conoscevano quella sinfonia da quando erano nati. E poi erano troppo presi a parlare fra loro.

– So come procurarmi il telefonino, non preoccuparti. E so anche come si usa, tranquillo. Ci si fanno le foto senza problemi. È una cosa facilissima.

Salvo ripiegò gli angoli della bocca all'ingiù, allargando le braccia. E sospirò. – E poi? Una volta che hai fatto queste famose foto?

Bella si illuminò, come una medusa colpita da un raggio di sole mentre nuota sotto il pelo dell'acqua. – Gliele mandiamo…

– E poi? Su, non farla lunga. Che cosa vuoi che succeda a quel punto?

– E poi, secondo te, se uno che si è fatto la sua casa tutta bella ordinata e vede che è invasa dai conigli e dai bambini cacciatori di conigli, non si arrabbia?

– E certo che si arrabbia –, concluse lui, senza capire dove la sua amica voleva arrivare.

– Ooh, ma *si' babbu*? –, lo rimproverò lei, scrollando

la ciocca di capelli che quella sera aveva tinto di verde. – Giovanni si arrabbierà vedendo le foto e tornerà per fare ordine. A quel punto noi potremo convincerlo a restare.

Salvo la guardò con un sorrisetto furbo stampato sulla faccia. – Geniale! – esclamò. – Ma adesso torniamo dagli altri, che già staranno spettegolando a più non posso.

14
Pina Pistola

A quel punto non restava altro da fare che mettere giù il piano d'azione e organizzare la spedizione. Sarebbe stato una specie di safari fotografico. Solo che invece di fotografare i leoni, i bambini si erano messi in testa di fotografare i conigli.

I dettagli dell'operazione li misero a punto seduta stante, all'ombra del ficus grande al centro della piazza del paese, mentre il Bar Dammuso si riempiva di adulti che si godevano il fresco della notte.

Pagella ovviamente ritagliò per sé il ruolo di capo della spedizione. E nessuno mise in discussione quella decisione, anche perché, quando spiegarono il piano agli altri, fu subito chiaro che lei era l'unica sicura di riuscire a procurarsi un telefonino per fare le foto ai conigli. Spiegò a tutti che lo avrebbe preso a casa, dove ce n'era uno che nessuno usava. Quindi, massimo rispetto.

Salvo fu scelto come secondo responsabile della missione, capo operativo della truppa, con compito di mettere in riga le biciclette e di tenere a bada gli *incontenibili* del gruppo. In particolare, Lupo e Selvaggia, eccitati come cani segugio all'idea di poter fare una vera battuta di caccia al coniglio.

– Prima cosa – ordinò Salvo col dito puntato verso i figli del veterinario, cercando di assumere l'aria più decisa possibile – Ai conigli non dobbiamo fare male, ma solo fotografarli col telefonino. Chiaro?

Vide un'ombra di delusione dipingersi sulla faccia dei due pestiferi, che erano già pronti a partire, retino in spalla, oltre a corde e sacchi di canapa per catturare le bestie.

– Voi due – andò da loro, con la fronte aggrottata – proprio voi due, statemi a sentire: non stiamo andando a fare un safari. Giù le mani dai conigli. E guai a chi mette in disordine la casa cercando di acchiapparli. *Capisti* Selvaggia?

Selvaggia sembrava offesissima e col labbro inferiore sporto in avanti e le mani sui fianchi, disse: – E da quando in qua decidi tutto tu?

Fremendo con le narici come un cavallo, perché sapeva già che sarebbe stata la più difficile da controllare, Salvo continuò: – Ascoltami bene! Il piano lo abbiamo fatto io e Bella. Abbiamo un progetto e tu non pensare di mandarlo a monte. Niente retini, cerbottane, reti e altri marchingegni. Se sei interessata a cacciare i conigli, vai a cercarteli. Ma lontano dalla casa al Vulcano. È chiaro? E pure a passo svelto!

Lupo, che era un filino più furbo di sua sorella, prese la gemella sotto braccio e la allontanò da Salvo, facendole cenno di darsi una calmata. – Se vogliamo partecipare alla missione, dobbiamo stare al gioco, no? –, le sussurrò all'orecchio, e tutti sentirono benissimo quello che le stava consigliando. E Selvaggia sembrò sprizzare rabbia da tutti i pori.

– Ok, ok. Niente caccia, niente cerbottana. Ma allora noi a che serviamo?

– Se volete venire – rispose Salvo, Bella accanto che annuiva – siete i benvenuti perché dovremo fare in modo di radunare più conigli possibile in una stanza e far loro una foto di gruppo.

Selvaggia e Lupo li guardarono sollevati, forse intuendo che comunque un ruolo per loro ci sarebbe stato e che avrebbe potuto essere anche divertente. E furono gli ultimi del gruppo quella sera a lasciare la piazza. Sprizzavano entusiasmo da tutti i pori all'idea di far parte della spedizione e anche mandarli a letto, quella sera, non fu cosa semplice.

L'indomani, partirono più o meno alle due del pomeriggio, all'ora del caldo più bestiale, con una formazione mista maschi-femmine, tutti in colonna, uno dietro all'altro. Salvo in testa, ruolo di comandante ciclista, specializzato in rotte strane e attraversamento dell'isola. Dietro c'erano Bella col monopattino, Dino in skate, *Bazu* con la sua pistola ad acqua e, a chiudere la fila, i gemelli, i più rumorosi, con quei fischietti in bocca per richiamare gli uccelli.

Dei maschi, Salvo era quello che c'era stato più di recente da quelle parti e quindi stava davanti a tutti, perché si ricordava la strada. Subito dietro *Bazu*, che aspirava a fare lo scudiero e si sentiva importante perché anche lui c'era già andato alla casa di Giovanni.

Selvaggia e Lupo erano venuti in due, sul tandem di loro padre.

Una bella cretinata, pensò Salvo, quando li vide mettersi in coda. Di tandem ce n'è uno solo sull'isola e quell'unico lo sanno tutti di chi è. Così, chiunque avrebbe potuto accorgersi di loro anche da lontano. E quel chiunque avrebbe ovviamente potuto cominciare a farsi delle domande su quella banda di ragazzini diretta alla parte dell'isola meno abitata.

– Ma non potevate prendere qualcos'altro per venire? –, li sgridò.

Loro alzarono le spalle e lui capì che con quei due impiastri dietro, bisognava fare il doppio di attenzione per cercare di non dare nell'occhio e far fallire tutto il piano all'istante. – Tandem o non tandem, ci notano lo stesso –, dissero i due scrollando le spalle.

E in effetti non avevano tutti i torti, pensò Salvo, buttando un occhio sconsolato su quella manica vociante di ragazzetti pronti per la spedizione.

Ma il peggio doveva ancora venire e questo Salvo non poteva certo metterlo in conto.

Passando sotto casa della loro amica Pina Pistola, la figlia del carabiniere dell'isola, i gemelli selvaggi non riuscirono a stare zitti.

– Pina!! – la chiamarono vedendola in cortile con in

mano la paletta per schiacciare le mosche – Hai finito di pranzare? Vuoi venire con noi in missione segreta?

A Pina, ovviamente, non sembrò vero. Era lì che si stufava e non riusciva ad acchiappare nemmeno un moscerino. – Cosa? Missione segreta? – urlò entusiasta, come se avesse qualche possibilità di restare segreta una cosa che viene urlata ai quattro venti – Certo! Sono pronta per la missione segreta. È la mia specialità la segretezza, sono quasi un'agente segreta: dove andiamo?

Salvo si mise le mani nei capelli. Che Pina fosse scema, si sapeva. Ma lui non si immaginava lo fosse fino a quel punto. Adesso l'unica era tagliare la corda più velocemente possibile.

Pina schizzò fuori dal cortile come una pallottola e si parò davanti alla banda con quegli occhiali spessi e la benda che portava sull'occhio per curare lo strabismo.

– Allora? Sei tu, Salvo, il capo della missione segreta? Posso venire anch'io? Dove andiamo?

Bella *Pagella* alzò gli occhi al cielo e Salvo intuì che stava cercando di fargli capire che no, Pina Pistola non dovevano proprio portarla.

Nel modo più assoluto.

Niente carabinieri fra i piedi.

E nemmeno figli di carabinieri.

Era una missione segreta.

O meglio, era stata una missione segreta, fino a quando i due gemelli non avevano cominciato a urlarlo a squarciagola per il paese.

Salvo tentò l'impossibile. – Niente, no – cercò di minimizzare, incenerendo con gli occhi quei due pasticcioni di Lupo e Selvaggia – Non stiamo andando da nessuna parte in particolare. Ci siamo incontrati per caso.

Ma non era facile fare fessa Pina Pistola, per quanto fosse ingenua. – Eh, sì, chi ti crede? – disse la figlia del carabiniere, piegando un braccio e appoggiandosi una mano sull'anca e con l'altra afferrandosi il mento – E allora perché siete tutti in gruppo, in fila indiana, con le bici? Sono strabica, ma non stupida, sai?

Pina Pistola non era una che si faceva imbrogliare con una scusa qualsiasi. Era sospettosa come una lucertola.

E da dietro la porta, tutti sentirono la voce del padre di Pina. – Tesoro? Dove sei? Vai dalla zia a fare i compiti.

Salvo si sentì gelare le gambe.

– No, papà – replicò lei, ridendo – Sono venuti i miei compagni di classe a chiamarmi. Andiamo a fare un giro, ma poi, studiamo tutti assieme… oggi.

A quel punto, nessuno osò più dire niente. Salvo contò fino a dieci per cercare di trattenere l'impulso di strangolarla.

Le fece un sorriso falso e tutti rimasero lì ad aspettarla, mentre prendeva i roller, se li infilava ai piedi e si attaccava al tandem di Selvaggia e Lupo.

15
In missione

Stava brucando dietro a un cespuglio, quando captò un rumore. Un vociare.

Bambini.

Una lunga fila di bambini. Di certo, bambini del paese. Alcuni in bicicletta, altri su pattini a rotelle o cose del genere. Il coniglio non era molto pratico di mezzi di trasporto usati dagli umani, ma non era molto contento di vedere tutti quei mocciosi arrampicarsi su verso il vulcano. Rimase a guardarli da lontano, senza muoversi, i baffi che fremevano leggermente nel vento.

Salvo era in testa alla colonna, arrabbiatissimo, perché ancora una volta, voltandosi indietro a guardare quanti erano, gli erano venuti enormissimi dubbi sull'esito di quella spedizione.

Mentre pedalava sotto a un sole che avrebbe sciolto anche i sassi, cominciava a convincersi che non sarebbero riusciti a fare nulla di quel che si erano proposti.

Doveva essere una missione segreta, ma stava diventando una gita di classe.

Molto rumorosa, per altro.

Anche *Pagella* guardava sconsolata l'allegra comitiva che avevano messo insieme, immaginando che sarebbe stato un macello tenere a bada la truppa nel momento delicato della fotografia da scattare ai conigli. Come se i conigli fossero lì solo in attesa che arrivasse una banda di mocciosi per mettersi in posa e farsi fotografare. Quella missione così delicata rischiava di trasformarsi in un pasticcio.

Ma non c'era altra scelta, pensò Bella, leggendo negli occhi di Salvo lo sconforto. Ormai erano combinati così e così bisognava procedere.

Salvo cercava di avere un'aria decisa. Tentava di impostare un tono di voce serio e autorevole, senza per altro riscuotere alcun successo.

Gli era più che chiaro che chiunque li avesse incontrati, avrebbe cominciato a fare domande e tutto sarebbe andato storto.

Avere al seguito la figlia del carabiniere, inoltre, complicava ulteriormente le cose. Pina era un impiastro, specie nelle missioni segrete. Era capace di tenere un segreto come un gatto sarebbe stato capace di volare.

– Almeno cercate di stare zitti – urlò Salvo a un certo punto, infastidito dal continuo chiacchierare del resto della banda – Non si può fare una spedizione così importante senza concentrarsi un minimo.

Ma vide che le sue parole fluttuavano nel vuoto e si disperdevano nel vento.

Due rivoli di sudore gli si allungarono sulle tempie.

Accelerò il ritmo della pedalata e tirò dritto fin dentro al canyon in direzione Mannarazza, sperando che qualcuno restasse indietro. Quelli in skate o in pattini, magari, o che i due in tandem facessero fatica a fare la salita e rinunciassero.

Ma, con suo grande dispiacere, quando arrivò all'inizio del sentiero sterrato che portava al vulcano, constatò che nessuno della banda aveva deciso di fare marcia indietro. Anzi, sembravano gasatissimi di essere arrivati fino a lì.

Sudati, accaldati, impolverati, stanchi e con la lingua a penzoloni: ma c'erano tutti. Proprio tutti. I gemelli selvaggi, *Bazu*, Salto, Pistola.

Bella *Pagella* era la più sconvolta di tutti, perché farsela in monopattino è un'impresa da veri forzuti. Ma lei voleva dimostrare a tutti di essere tosta come un maschio. Anzi di più.

– Ma non potevi venire con me? –, le chiese Salvo.

– Già, bravo, così poi tutti dicono che siamo fidanzati. Col cavolo!

Salvo stava quasi per offendersi, ma in realtà pensò che aveva ragione e che andasse pure a piedi, se la sua unica preoccupazione era che non girassero voci su di loro. Oltretutto anche a lui non andava che li prendessero in giro per quel motivo.

– Ok, allora… Andiamo su. A casa. E vediamo come va la situazione.

Pina Pistola tentò di salire con i roller su per il sentiero in mezzo ai fichi d'india e ai cactus. Ma ovviamente cadde, si sbucciò il ginocchio e cominciò a piangere come un babbuino. La sua amica Selvaggia, prima provò a consolarla, poi la minacciò di abbandonarla in mezzo alla steppa, se non l'avesse smessa di fare tutte quelle scene. Ma alla fine, se la issò in spalle, come un sacco di patate. Una vera selvaggia. Un motivo c'era, se portava quel nome.

Gli altri, ognuno con il suo mezzo di trasporto e la scarsa energia che rimaneva dopo la lunga pedalata, le seguirono.

Ansimanti e sudati, arrivarono davanti alla porta verde della casa in mezzo a un silenzio strano. Il sole altissimo picchiava sulla zucca e subito si creò una confusione terribile sul terrazzo perché tutti avevano sete.

– Non potevate dircelo che era così ripida, la strada? Qui adesso ci vuole un'autobotte di acqua. Io sto morendo, ho la gola in fiamme –, si lamentò Dino, saltando il muretto per andare a cercare un rubinetto, una fontana, un tubo, insomma un qualsiasi erogatore d'acqua.

Non trovandolo, si mise a scaccolarsi nell'unico punto d'ombra del giardino.

– E smettila con quel naso – lo rimproverò Bella – Vieni qui piuttosto, che c'è un lavandino. Ma stai attento a non sporcare, è tutto molto delicato.

Si capiva benissimo che *Pagella* era molto preoccupata al solo pensiero di quel che poteva capitare di lì a poco.

Come avrebbe potuto, l'irruzione di quella banda di scalmanati, non creare confusione in quello scenario che il maestro Giovanni aveva lasciato in un ordine perfetto?

– Mi raccomando, non fate *vuci* –, provò a spiegare, rendendosi subito conto che nessuno, ma proprio nessuno stava ad ascoltarla.

Mentre pronunciava quelle parole, il relativo silenzio che ancora regnava in casa venne squarciato da un rumore sordo e netto. Come di qualcosa che sbatte. Una finestra, una porta.

Tornarono subito sul davanti della casa, giusto in tempo per vedere Lupo e Luca-*Bazuka* che, cercando di aprire una finestra, erano caduti giù dal parapetto, in mezzo alle piante di capperi, trascinando con loro una sedia di legno, molto bella, con l'imbottitura giallo limone, dello stesso colore della facciata della casa.

Ecco. Quel che poteva succedere di lì a poco, fu immediatamente chiaro.

Per fortuna, *Pagella*, riprese in mano la situazione. Con fare da comandante, lanciò un paio di strilli e rimise tutti subito in riga. Nessuno l'aveva mai vista in quella versione.

Urlò e sbraitò, tanto che, se ci fosse stato qualche animale in giro, di certo sarebbe scappato dall'altra parte dell'isola.

16

L'invasione

Non fecero in tempo ad aprire la porta della casa affacciata sulla piana del vulcano, che una specie di nuvola pelosa li investì con uno scalpiccìo rapido quanto silenzioso.

Nessuno dei bambini si aspettava quello che, in una frazione di secondo, accadde sotto i loro occhi. La casa di Giovanni si era trasformata in una specie di grande tana per conigli.

Lunghe orecchie di tutte le sfumature del grigio e del marrone si allungavano e spuntavano in ogni angolo, dal divano agli scaffali della libreria, dal vaso appoggiato sul tavolo alla collezione di cestini di paglia appoggiati su un tavolo di cucina. La tribù di lepri selvatiche di tutte le dimensioni e delle più svariate pezzature, aveva evidentemente avuto bisogno di poco tempo per impadronirsi della casa. Solo pochi giorni prima sembrava che ne fosse entrato qualcuno per caso, ma in quel momento si resero conto che le cose stavano diversamente.

Decine di occhietti neri spuntavano da ogni angolo e un poco incuriositi guardavano i bambini impietriti sull'uscio.

La comparsa dei ragazzini nel riquadro della porta

di casa di Giovanni non provocò altro che un moto di perplessità nel popolo dei conigli, che sembrò valutare con estrema calma il da farsi.

Qualcuno degli esemplari più giovani, approfittò dell'ingresso di quella banda di mocciosi per uscire di casa, sgattaiolando fra le gambe degli intrusi e per andare a farsi un giro in campagna.

La maggior parte degli erbivori restò invece nella postazione di partenza, limitandosi a segnalare con rapidi movimenti delle orecchie un pò di fastidio per quell'intrusione di estranei, che evidentemente interrompeva una quotidianità fatta di sgranocchiamenti tranquilli e di comunicazioni mute con scuotimenti di musi e baffetti.

– E adesso? –, indietreggiò Luca Bazuka, abbassando la sua pistola ad acqua e rendendosi conto del fatto che in quel momento gli umani erano in assoluta inferiorità numerica rispetto ai roditori.

– Da soli non ce la possiamo fare –, mugolò, cercando di scantonare un coniglio ciccione che, placidamente, gli si infilò fra le gambe, guardandolo storto come fosse un extraterrestre entrato per errore nella sua tana.

Selvaggia, con le mani sui fianchi e lo sguardo preoccupato, convenne col fratello Lupo che ci sarebbe voluta una rete infinitamente più grande di quella che avevano portato di nascosto, nonostante i divieti di Salvo, per catturare anche una piccola parte di quell'esercito di rosicchiatori di carote.

– Cavolo, ma com'è stato possibile? –, si chiese Salvo, grattandosi la testa.

– Ragazzi, qui bisogna fare qualcosa – replicò Bella *Pagella* – Due giorni fa non ce n'erano così tanti. Bisogna correre ai ripari prima che distruggano la casa. Non c'è tempo da perdere. Bisogna documentare la situazione e far uscire queste bestiacce dalla casa di Giovanni, prima che si mangino tutto.

Questa frase obbligò la truppa a guardarsi attorno con più attenzione di quanto avesse fatto fino a quel momento.

E in effetti fu solo a quel punto che si accorsero che l'invasione dei conigli aveva già avuto delle conseguenze serie sulla casa.

Cuscini, tende, mobili, divani e poltrone, fili elettrici, lampade, gambe dei tavoli e perfino porte e finestre erano mangiucchiate, rosicchiate, rovinate dagli incisivi di quelle bestie insolenti.

Anzi, il coniglione più grande, quello che sembrava il capo della compagnia, aveva impunemente dato l'attacco anche allo zaino di Salvo, evidentemente avendo annusato l'odore degli arancini freschi, messi dalla nonna nello zaino per la merenda del suo nipotino.

– *Sciò, vattìnni*, brutto ladro di merende –, gli urlò il bambino, cercando di allontanarlo con un calcio, per poi subito ritrarsi spaventato vedendo come il roditore occhieggiava anche alla sua scarpa.

– Forse ti vuole mangiare anche quella –, rise Pina Pistola, tutta contenta, come se avesse detto chissà quale battutona divertente.

Salvo continuava ad indietreggiare. – Non vedo che cosa ci trovi di divertente – le puntò il dito contro – Guarda piuttosto cosa sta facendo quell'altro coniglio alla tua felpa.

Pina si voltò e lanciò un urlo trovando i dentoni di una coniglia con grandi orecchie bianche, che rosicchiava allegramente le tasche della sua borsa rosa con i brillantini, dentro alla quale forse c'erano delle caramelle.

17
A caccia di verdura…

– L'alimentazione naturale è costituita da erba, foglie secche, semi, radici e cortecce. Essendo erbivoro, il coniglio mangia però verdure di tutti i tipi, ad esempio sedano, carote o cicoria… – Dino Salto, volendo rendersi utile, aveva approfittato della distrazione generale per buttarsi sulla libreria, dove aveva trovato l'Enciclopedia degli animali. Lì pensava di trovare una soluzione ai loro problemi.

– Amici, non c'è tempo da perdere, se le bestie rosicchiano i cuscini e i mobili, vuol dire che hanno fame. Ma ero quasi certo, e l'enciclopedia me lo conferma, legno e stoffa non sono il cibo preferito dai conigli. Se noi procuriamo roba più adatta al loro palato, potremo forse anche convincerli ad uscire di casa, prima che divorino tutto.

Bella *Pagella* annuì: – Giusto. Dino ha ragione. Per una volta ne ha detta una giusta. Diamoci da fare, se vogliamo che Giovanni torni. Se lo vogliamo qui come maestro, dobbiamo cercare di salvargli la casa. Quando lo saprà, apprezzerà il nostro gesto e…

Salvo era sempre più scettico sulla sensatezza di quel che stavano facendo. Ma non avrebbe mai osato contraddire l'amica. – Va bene, dai. Mettiamoci sotto, invece di perdere tempo in chiacchiere.

Fece un rapido giro degli amici, guardandoli uno per uno negli occhi, per vedere se tutti erano d'accordo. E, a parte Pina Pistola, occupata a contendere la borsa rosa al coniglio che l'aveva addentata, vide che tutti annuivano.

– Allora... sedano, carote, cicoria... avete capito? – elencò ripetendo quel che aveva appena letto Dino dal libro – Dobbiamo trovare il cibo giusto e cercare di convincere le bestiacce a liberare il campo... via, si parte! Andiamo a cercare la verdura. Non sarà facile trovarla da queste parti, ma non possiamo andare a saccheggiare gli orti di casa. Quindi, forza, al lavoro!

In meno di un secondo uscirono fuori, sul terrazzo, dove finalmente cominciava a circolare una brezza leggera.

Il sole aveva cominciato la sua parabola discendente, avviandosi dietro il vulcano e lasciando anche agli umani un po' di respiro. Le lucertole si erano infilate nelle crepe fra i sassi dei muretti a secco, le api ronzavano sui fiori di cardo per raccogliere le ultime gocce di nettare. Ben nascosti nei cespugli, i grilli prendevano il posto delle cicale che avevano riempito il silenzio della campagna col loro frinire per tutto il pomeriggio.

Da lontano, ora, il mare colore cobalto, sembrava liscio come una tavola, con qualche ondina che si increspava appena appena, all'altezza degli scogli della Secchitella. Nel grande mare branchi di piccole sardine si rincorrevano formando palloni subacquei, gocce d'argento fluttuanti nel blu profondo di quell'angolo di Mediterraneo.

Navi in vista non ce n'erano, a parte qualche peschereccio. Niente sbarchi per quel giorno.

– E che facciamo, ci andiamo subito? –, chiese *Bazuka*, il più infastidito dai conigli. Tutti sapevano che aveva paura anche dei gatti. Lo innervosivano da morire quelle lepri selvatiche che rosicchiavano tutto quel che si trovavano davanti ai denti.

Usciti di casa i bambini, i conigli si stavano di nuovo impadronendo della scena. Non sembravano affatto spaventati dalla presenza di tutti quei ragazzini. Anzi, sembravano ormai essersi resi conto che quella intrusione non avrebbe avuto gravi conseguenze. E si facevano coraggio, si avvicinavano loro, forse, annusando gli odori stuzzicanti che uscivano dagli zaini pieni di focacce e altre merende.

I bambini indietreggiavano, quando vedevano gli orecchioni farsi troppo spudorati. Gli unici che sembravano gradire le confidenze dei conigli erano Lupo e Selvaggia. Li accarezzavano senza paura, quando quelli si avvicinavano annusando l'aria col naso in continuo movimento. Selvaggia cercò persino di prendere un piccolo in braccio. Ma quello schizzò via prima ancora che lei riuscisse anche solo a sfiorarlo.

Bella *Pagella*, invece, aveva tirato fuori il suo telefonino e cercava di ricordarsi come si faceva ad accenderlo. Primo passo fondamentale, per poi cercare di usarlo per fare le foto. – Vediamo... –, borbottava, girandosi fra le mani quell'aggeggio, cercando un tasto o qualcosa di simile. – È strano – diceva parlando da sola – a casa riuscivo tranquillamente…

– Tranquillamente cosa? – la incalzò *Bazu* – vuoi dire che non lo sai usare?

– *Zìttiti*, certo che lo so usare – lo rimbeccò –. Ahia!!!

Un coniglio grosso come un tacchino aveva approfittato della sua distrazione per addentarle un tallone e, nonostante la scarpa da ginnastica, era evidentemente riuscito ad arrivare alla pelle.

– E *làssami* –, si mise a gridare Bella, scalciando e sbuffando, con il coniglio saldamente attaccato alla scarpa. Tutti si misero a ridere, quel bestione pareva particolarmente cocciuto. E Bella sembrava molto arrabbiata.

Fu forse per quel motivo, per quell'intervallo stile cartone animato, che nessuno si accorse dell'arrivo sulla scena, alle loro spalle, di una cosa spaventosa.

Spaventosamente grande.

18

Tante orecchie e tanti baffi

– Arghhhh, che cos'è que-que-que- llo-llo-lllo???

Il primo ad accorgersene fu *Bazu*, che improvvisamente cominciò a balbettare e ad indietreggiare. Salvo, sentendo i suoi strani versi, si voltò a guardarlo, senza capire se fosse *scantatu* o se l'avesse punto un ragno.

Il resto della banda era ancora sparpagliato in giro per la campagna a cercare ortaggi. Erano soli loro due in quel momento davanti alla casa di Giovanni.

– Quello cosa? –, chiese Salvo preoccupato. Non aveva mai sentito l'amico parlare in quel modo strano, come se avesse uno scorpione nelle mutande.

Bazu puntava il dito alle spalle dell'amico e continuava a indietreggiare con un'andatura storta. – Un co-co-co-co…

– Luca ma ti senti bene? –, gli chiese Salvo. – Un co-co-co…cosa?

– Insomma Luca, non capisco. Che hai? –, gli fece andandogli incontro. – Perché non vai a cercare la verdura?

Ma *Bazu* continuava a strabuzzare gli occhi, emettendo strani e incomprensibili versi dalla bocca, come se lo avesse morso una tarantola.

Allora Salvo lo raggiunse e cercò di capire, guardandolo da vicino, senza fare più di tanto caso a quel che succedeva attorno. Che cosa poteva succedere di strano in un posto desertico come quello, in pieno giorno, per di più? Gli venne persino il dubbio che Luca stesse male, che avesse preso un'insolazione. Salvo cominciava a preoccuparsi, non voleva guai e se quel tontolone di *Bazu* non si ripigliava forse c'era da chiamare gli altri in soccorso.

Immaginava già le urla dei genitori, se fosse successo qualcosa.

In quegli istanti, Luca non riusciva ad articolare una risposta, ma si capiva che c'era qualcosa che lo sconvolgeva. Qualcosa di inaspettato.

Salvo impiegò ancora qualche minuto prima di riuscire a capire.

Gli mise una mano sulla fronte, pensando magari che l'amico avesse un improvviso attacco di febbre, ma mentre faceva questo gesto, *Bazuka* senza riuscire ancora a parlare gli afferrò la testa, cercando di girargliela con tutta la forza che gli rimaneva nelle mani.

Salvo al momento prese quel gesto come un ulteriore sintomo di qualche grave problema: *Bazu* non aveva mai cercato di usare la forza con lui e in quel momento sembrava volesse strozzarlo.

Fatto sta che, usando tutta la sua forza, con le sue mani sudaticce e sporche di terra, riuscì a far fare al capo dell'amico una torsione di 180 gradi, costringendolo a guardare quel che stava succedendo alle loro spalle, a pochi metri dall'ingresso di casa.

Tutti i conigli, una marea di animali di tutte le fogge e

di tutti i colori , si erano radunati ed altri continuavano ad arrivare dalla campagna.

Si stavano mettendo in circolo, attorno a qualcosa di enorme, di più grande di Salvo e di *Bazu* messi assieme.

Qualcosa che non era un umano e non era niente che avessero mai visto prima.

Era un maestoso, peloso, fremente e inquietante coniglio gigante. Nessuno dei due riusciva a immaginare da dove fosse spuntato un essere di quelle dimensioni e di quella natura. Anche a Salvo si paralizzò all'istante la lingua.

– *Ca-ca-ca* –, cominciò a balbettare, stringendo la mano di *Bazu* come se fosse quella della mamma quando era piccolo. – *Ca-caru-si-iiiiiii* –, cominciò ad urlare a sua volta, come preso da una crisi isterica.

Nel cinguettio delle beccacce arrivate da chissà dove, in quel tardo pomeriggio isolano, gli amici non sentirono immediatamente l'appello disperato. Forse erano distratti, forse l'urlo di paura non fu abbastanza convincente.

A muoversi con estrema calma fu invece quella specie di grande bestia pelosa a forma di coniglio. Sentendo i due bambini balbettanti e spaventati, alzò la testa, in mezzo alla selva di orecchie degli altri conigli che lo circondavano.

Puntò loro le pupille addosso, annusando l'aria col suo grande naso rosa, mentre muoveva i sottili e lunghi baffi bianchi.

Sentendosi lo sguardo estremamente incuriosito dell'animale addosso, Salvo sentì un improvviso stimolo ed ebbe la tentazione di correre immediatamente da qualche parte a fare pipì. Doveva essere la voglia di scappare da qualche parte, possibilmente la parte più lontana che si potesse immaginare da lì dove era.

Anche *Bazu*, vedendo il roditore che li puntava dritto e rendendosi conto che il loro sforzo di richiamare gli amici restava senza risultato, cominciò ad urlare la stessa parola, trascinandolo però nella sua marcia all'indietro.

– *Carusiiiiii!* –, sfrigolava impugnando la pistola ad acqua come se fosse una stampella, mentre entrambi camminavano all'indietro, senza avere nemmeno il coraggio di voltare la schiena e darsela a gambe. Entrambi pensarono di fare dietro front, ma la sola idea di girarsi e di volgere le spalle a quella cosa enorme e pelosa che avrebbe potuto rincorrerli e sbranarli, sarebbe stato ancora più rischioso. Ritennero più saggio dunque indietreggiare lentamente come due ridicoli gamberi spaventati, mentre il grande coniglio storceva un pò la testa di lato, valutando il da farsi.

Tutti gli altri conigli a quel punto li stavano guardando. Sembrava che tutti i conigli della terra si fossero dati appuntamento lì, a quell'ora.

Decine e decine di orecchie lunghe e morbide, centinaia di nasi e migliaia di baffetti, si muovevano tutti assieme, mentre le pupille di quelle bestie erano concentrate sulla retromarcia dei due *babbazzi*, incerti anche sulla direzione da prendere. Da ogni lato spuntavano occhietti e baffetti di roditore.

I due ragazzini allora si acquattarono come gatti e

cercarono di capire dove avrebbero potuto scappare, se tutta quella tribù di orecchioni avesse all'improvviso deciso di attaccare.

Vero è che i conigli in genere scappano e non attaccano. Ma in quella situazione, ai due fifoni quella eventualità proprio non venne in mente.

L'unica cosa che riuscirono a pensare e a gridare nello stesso identico momento fu, all'improvviso, con un urlo belluino: – *Scappamu*!!!

19

Sorpresa!

Quel grido disperato squarciò il silenzio carico di impercettibili movimenti, prodotti dalle migliaia di piccoli animali, insetti, rettili, uccelli e altre forme viventi della campagna.

Tutto sotto al vulcano sembrò all'istante fermarsi e così anche le chiacchiere degli altri amici, che si erano dispersi in mezzo ai cespugli per cercare qualche tipo di verdura commestibile per i conigli.

Improvvisamente, Salvo e *Bazu*, i primi due che avevano scoperto il grande coniglio, o meglio, che erano da lui stati scoperti, dopo esser rimasti schiacciati contro una palma in mezzo alle piante dei capperi per una manciata di minuti, sempre fissando dritto negli occhi quella specie di coniglio gigante, o quel qualsiasi cosa fosse, videro finalmente spuntare dal nulla le teste di Pina Pistola, Bella *Pagella*, Dino Salto, Lupo e Selvaggia.

Gli amici avevano finalmente sentito i loro richiami disperati e ora, allungando il collo, li cercavano con gli occhi e con grandi sguardi interrogativi. Salvo e *Bazu* indicarono col dito indice quel che forse gli altri non avevano ancora notato, l'Essere che era apparso all'improvviso nei pressi della casa.

Nei giorni e nei mesi successivi tutti avrebbero ricordato quella scena come se fosse avvenuta al rallentatore, anche se più probabilmente, tutto durò non più di una manciata di secondi.

Tutte le teste della banda si girarono verso monte e tutti gli occhi assieme registrarono nelle pupille l'immagine di quell'animale dal placido ruminare, quella bestia dall'aria non aggressiva, ma comunque di certo assurda, mai vista. Se non fossero stati tutti assieme, in quella situazione e in quell'istante di fronte a quello spettacolo fantascientifico, qualcuno avrebbe potuto accusarli di aver avuto un'allucinazione.

– Ehi amici, avete visto? C'è un coniglio gigante! –, ruppe il silenzio la voce squillante di Pina Pistola, entusiasta, forse l'unica a non vivere la presenza di quell'enorme coniglio come una minaccia incombente.

– Arghhh, ma che è quella roba? Alien? ET? Aiuto, quello ci mangia! – disse subito dopo Dino Salto, raggiungendo gli altri della banda sotto la palma, saltellando come un canguro – *Carusi, amunìnni!*

Bazu annuì con gli occhi sbarrati e si nascose dietro Dino, lasciando Salvo in prima fila a fronteggiare il nemico. E quest'ultimo, impietrito dalla paura, guardò Lupo e Selvaggia, sperando che i gemelli, avendo dimestichezza con gli animali, potessero in qualche modo rendersi utili.

Ma anche loro avevano stampato in faccia uno stupore palese. Era chiaro che nemmeno a loro doveva essere mai capitato di vedere niente del genere.

– Potrebbe essere parente di un dinosauro –, buttò lì, farfugliando, Lupo, mentre indietreggiava e lasciava sua sorella in prima fila. Una frase senza senso, che spiegava bene lo stato d'animo generale.

Erano tutti sbigottiti e senza parole. Non c'era uno della banda in grado di dire se stessero vivendo un sogno, un incubo o semplicemente i postumi di un'insolazione.

Anche Selvaggia, all'inizio, sembrava non sapere che pesci prendere. Raccolse da terra un bastone e lo puntò nella direzione del Grande coniglio. – Stai lì buono – gli intimava, camminando all'indietro con suo fratello attaccato alla maglietta – Non ti muovere, non ti voglio fare niente...

Ma si capiva dal tono della voce che anche lei non aveva idea di come affrontare la situazione. Non sembrava, però, particolarmente terrorizzata. Si preoccupò solo di accompagnare suo fratello accanto agli altri. E poi, invece di arretrare, senza troppo esitare, cominciò a portarsi più vicino all'animale. Camminando piano, un passo davanti all'altro, sollevando al rallentatore il ginocchio per far ripiombare il polpaccio e il piede senza far rumore, si portò a non più di cinque metri da quella bestia, quell'affare peloso che sembrava atterrato da un pianeta lontano.

E lui, vedendo avanzare la ragazzina con lunghi capelli e aria furbetta, smise di rosicchiare il tronco di un cactus rinsecchito che aveva tra i denti e storse la testa, come fanno i cani quando vedono qualcosa di nuovo davanti a sé.

Il Grande coniglio alzò il muso, con le narici annusò

l'aria, fece sventolare le lunghe orecchie bianche, appena macchiate color caffelatte, e dopo qualche secondo si tirò su con la schiena in posizione verticale, seduto sulle due zampe posteriori e tenendo quelle anteriori ripiegate sul petto.

– Ahhh – le urlò *Bazu* – Sei fuori? Stai ferma! Non vedi che lo stai agitando! Guarda come ci guarda!

Selvaggia sorrise, per niente preoccupata. O almeno così sembrava. Fece addirittura un altro passo in direzione dell'animale, che fece sfarfallare le orecchie una volta di più. Gli altri della banda, ormai erano riuniti sotto la palma, uno attaccato all'altro, in un ridicolo balletto in cui tutti cercavano di mettersi dietro alla schiena di qualcun altro. Il quale poi, temendo di essere troppo esposto, si rimetteva in fondo al gruppo.

Guardavano col fiato sospeso quella matta della figlia del veterinario che sfidava il coniglio e che, a passo di lumaca, invece di guadagnare la via di fuga, sembrava continuare a volersi avvicinare al bestione.

– Vieni qui – le urlò Salvo – per favore, non è il momento di fare cose pericolose. Potrebbe azzannarti.

Lei scoppiò a ridere. – Hai mai visto un coniglio che azzanna un uomo, o peggio, una bambina? Di che cosa avete paura? Cagasotto che non siete altro!

Continuò la sua marcia fino ad arrivare a una manciata di passi dall'obiettivo. E a quel punto, si mise a sedere per terra con le gambe incrociate. In mezzo a tutti quei conigli. Al cospetto del Grande coniglio.

20

La fotografia

Lui guardava lei.

Lei guardava lui.

Restarono così, in silenzio, per qualche manciata di minuti. Mentre Selvaggia e il Grande coniglio si studiavano.

Poi la videro fare una cosa che nessun altro di loro avrebbe mai avuto il coraggio di fare. Allungò una mano in direzione del muso bianco dell'animale, lasciando il palmo ben spalancato e rivolto verso l'alto.

Il Grande coniglio mosse lentamente l'orecchio destro, sbatté le palpebre. E avvicinò il naso rosato, umido e lucido, verso Selvaggia.

Lei lentamente ruotò il polso e avvicinò le dita al muso, appoggiandole sul pelo.

Tutti gli altri, col fiato sospeso, erano schiacciati uno sopra all'altro dietro alla palma, che ovviamente non li copriva neanche per sogno alla vista del Grande coniglio e di tutti i piccoli conigli che avevano occupato la casa di Giovanni.

Stavano facendo una pessima figura mentre Selvaggia coraggiosamente continuava ad accarezzare quel *coso peloso*, che appariva in effetti abbastanza tranquillo.

Pian piano, anche il resto della banda cominciò a domandarsi se forse non si potesse smetterla di stare dietro a quel fico d'india.

Il primo a muoversi fu *Bazu*, forse perché era l'unico *armato*. Spianando la sua pistola ad acqua si fece avanti, camminando come una specie di gambero impazzito. Due passi avanti, uno indietro. Due passi indietro, uno avanti. Un passo a destra, due a sinistra.

Lentamente, *Bazu* si avvicinò e si acquattò come un gatto a non troppa distanza da Selvaggia, che ormai era in piedi, come se niente fosse, e fronteggiava l'enorme muso del Grande coniglio senza tradire più emozione di quanta ne avrebbe avuta davanti a un semplice micetto.

– Bravo, Luca – lo esortò – vieni qui. Avvicinati. Lo vedi? È bravo. Non morde.

Bazu si arrestò, perché un conto è fare le cose con i propri tempi, un conto è farsi dettare i tempi da altri.

– Calma – le rispose – con tutta la calma del mondo. Metti che il tuo nuovo *amico* abbia deciso di risparmiare te, per fare fuori me... Non sono mica matto: mi avvicino, ma con calma.

Selvaggia scoppiò a ridere e mimando l'assalto di una belva feroce con le braccia, le dita e le unghia in fuori, e a bocca spalancata gli urlò: – *Nnàcati, non ti scantari!* Vieni qui e facciamo questa foto.

– Foto? Quale foto?

– Ma insomma, non eravamo venuti fino a qua per fotografare la casa, i conigli e tutto il resto? Il piano non era quello? Non hai rotto le scatole tutto il giorno perché volevi fare tu le foto?

Già: stavano tutti dimenticando quale era la missione originaria, nessuno avrebbe avuto in quel momento la lucidità necessaria per mettersi ad armeggiare col telefonino per scattare l'immagine che serviva. Bella *Pagella* aveva procurato l'aggeggio, poi, per non litigare, avevano fatto la conta. Così avrebbero deciso senza polemiche a chi sarebbe toccato l'onore di scattare. E Luca *Bazuka*, lui che aveva fatto il diavolo a quattro per essere il prescelto, guardacaso aveva vinto. Quindi toccava a lui. Aveva già provato ad accendere l'affare e a fare qualche scatto.

E fino a pochi minuti prima sembrava così orgoglioso del suo incarico, ma ora, davanti a quella bestia dalle proporzioni smisurate, sembrava aver cambiato idea.

– Non ci penso nemmeno –, indietreggiò. – Foto? No, *bedda*, io non faccio nessuna foto. *Tu po' scurdari*! Non è nemmeno mio, il telefono. Falla tu!

– *Ma sì babbu*? Non eri così ansioso di fare il fotografo? Ci hai sfinito e adesso…?

– Metti che il tuo amico peloso sia uno che non ama la pubblicità, metti che non sia abituato, metti che gli girino le scatole… metti…

– Metti cosa? – Selvaggia stava cominciando a innervosirsi –. Passatemi questo telefonino, che faccio io.

Bazu si voltò verso gli altri.

Salvo con il capo gli fece un cenno di assenso, sperando

che lui capisse che in quella situazione la cosa migliore era farla finita in fretta, fare quelle benedette foto, e subito dopo darsela a gambe.

Gli fece un cenno di incoraggiamento con le mani. Ma *Bazu* naturalmente non capì.

– Che faccio? –, urlò con l'aria di uno che se la sta facendo addosso.

Il Grande coniglio, sentendo quell'esclamazione, fece un saltino in avanti. Forse era incuriosito da quei piccoletti, che in quel giorno di mezz'estate erano arrivati nei suoi territori: luoghi silenziosi dove era abituato a vivere tranquillo e indisturbato. Sicuramente non vedeva in quei *caruseddi* nessun tipo di pericolo, semplicemente li studiava con un po' di animalesca sorpresa, divertito da quella novità che smuoveva la sua giornata uguale a centinaia di altre giornate precedenti, nelle quali al limite, l'unico diversivo poteva essere l'alzarsi del vento, o l'arrivo di una nuvola nel cielo.

Bazu, di fronte al movimento inaspettato del coniglio, alzò le mani, ancora più terrorizzato, e mugolò come se gli avessero puntato contro una pistola: – Mi arrendo, aiuto. Addio…

– Non arrenderti e non dire stupidaggini: passami quel telefono, piuttosto –, gli gridò Selvaggia, del tutto indifferente ai movimenti dell'amico peloso e dentuto che aveva in quel momento cominciato a sgranocchiare un tronco di cactus.

Bazu lanciò agli amici un'ultima occhiata disperata, come in un film western, e poi con la mano destra frugò nella tasca dei pantaloni, da dove estrasse il cellulare. E tenendolo con due dita tremolanti lo porse a Selvaggia.

Il grande coniglio osservò la scena senza capire che cosa stessero facendo gli intrusi. Ma quella ragazzina con i capelli ispidi e l'aria decisa cominciava a stargli simpatica.

21

Invisibile!

Chissà da chi l'aveva visto fare. Forse dai suoi genitori, forse da sua cugina, che era già alle medie: aveva il telefonino e lo sapeva anche usare. Fatto sta che Selvaggia si piazzò con aria da fotografa professionale davanti al Grande coniglio e cominciò a scattare.

Una, due, tre volte.

Di fronte, di profilo, di lato, da sotto, da sopra.

Non la finiva più.

Gli altri, ancora accucciati dietro la palma, la guardavano all'opera, contenti perché pensavano che almeno l'obiettivo per cui erano andati fino a lì era raggiunto.

– Ce l'abbiamo in pugno – disse Pina Pistola – Con tutte queste foto, Giovanni si renderà conto che è meglio tornare.

– Fotografa anche gli altri – urlò Lupo –. Fotografa anche i conigli piccoli.

Selvaggia, si girò nella direzione della banda, facendo sì col capo. E si mise a scattare altre foto, cercando di tenere dentro sia il coniglione, sia i coniglietti.

Bazu diede una pacca sulla spalla a Salvo. Bella *Pagella*, che aveva ideato tutto il piano, curato i dettagli e trovato il cellulare, lo guardò con aria infastidita. Tutto quel clima di eccitazione non la convinceva. Chissà perché.

Il Grande coniglio, non capendo bene che cosa voleva la biondina con quell'aggeggio scuro in mano, le volse il sedere e si mise a brucare in un cespuglio di mirto, come se nulla di più urgente ci fosse al mondo in quel momento. Era chiaro che ai suoi occhi, quei ragazzi non rappresentavano niente più che un gruppetto di piccoli omuncoli, privi di qualsiasi interesse. Niente di commestibile e tantomeno di pericoloso. Sembrava che nemmeno esistessero per lui. Salvo, in quel momento, si chiese veramente se non stessero vivendo un sogno.

Selvaggia, invece, molto presa dal suo incarico di fotografa, corse con aria soddisfatta in direzione degli amici, sventolando il telefonino. – Ce l'ho, ce l'ho. Ho fatto le foto. Siamo a posto –, esultò orgogliosa.

Appena arrivata alla postazione, consegnò il telefonino a *Bazu* che, con fare esperto, si mise a smanettare per vedere come erano venute. – Ma qui non c'è niente! Che cosa hai fotografato? La campagna?

– Ma che dici? Ho fotografato i conigli – replicò Selvaggia seccata – Non mi hai visto?

– Qui non si vede niente, mi sa che non sei capace. Non hai inquadrato bene. Qui non c'è nessuno coniglio. Né piccolo, né grande.

– Ma smettila. Mica sono scema. Le so fare le foto. Le faccio sempre col telefono di mio padre.

– Beh, insomma, guarda anche tu. Qui non c'è un bel

niente.

Si avvicinarono tutti e, in effetti, non poterono che constatare che sullo schermo del telefono non c'era un bel niente. O meglio. C'era un pezzo di campagna, la casa di Giovanni sullo sfondo. Qualche pianta di cappero e di olivo.

Ma del Grande coniglio e della tribù dei piccoli conigli, non c'era traccia. Come se se lo fossero sognati, come se il mega bestione fosse stato visibile solo ai loro occhi bambini. E a nessun altro.

– Non sei capace. Bisogna rifare tutto –, sentenziò Bella, irritata, ma anche con una piccola punta di soddisfazione. Ora poteva riprendersi il ruolo di protagonista.

– C'è qualche volontario che si offre per rifare le foto? –, chiese con aria di sfida.

Silenzio generale.

Bazu si era già rifugiato di nuovo dietro alla palma.

– E va bene – proseguì Bella – farò io. Ma voi non fate macello, che altrimenti si muove e magari scappa. Non abbiamo altro tempo da perdere.

Inspirò, si sgranchì le gambe, si fece un piccolo ripasso mentale sul funzionamento dell'aggeggio e si mise in movimento.

Scelse un' andatura felina, acquattata al terreno, come una specie di gatto. Il resto della banda, vedendola in quella posizione assurda, non riuscì a trattenere il sorriso.

Lei indifferente ai loro sguardi ironici, si portò verso il Grande coniglio, che nel frattempo aveva cambiato cespuglio e brucava con tutta la calma del mondo.

– Ciccio, micio micio micio –, gli fece, chiamandolo come se fosse un gatto e voltandosi verso gli amici con un sorriso soddisfatto, per vedere se avevano sentito quanto riusciva ad essere spiritosa e coraggiosa anche in quel momento di alta drammaticità. Voleva far vedere che il Grande coniglio a lei non faceva alcuna paura. – Branco di fifoni – urlò – Vi faccio vedere io come si fa!

Gli altri sbuffarono, chiedendosi se il peloso questa volta non si sarebbe irritato per l'avvicinamento dell'estranea.

Ma Bella proseguì la sua missione indisturbata. Il coniglio la teneva d'occhio e impassibile si limitò a sparare una raffica di palline di cacca marrone scuro, come un mitragliatore. Forse a quel punto si era abituato a quei mocciosi che si muovevano con grande agitazione attorno a lui. Forse pensava che prima o poi se ne sarebbero andati e l'avrebbero lasciato in pace, a fare la sua vita di sempre.

Bella fotografò di nuovo la bestia da varie angolazioni, con un fare via via sempre più rilassato. Il Grande coniglio la fissò con aria interrogativa, ruminando, facendo anche qualche passo in avanti, per nulla intimorito di quel che stava accadendo. Sembrava quasi sorriderle.

Concluso il servizio fotografico, alzò i pugni al cielo con aria trionfante. E ritornò nella nostra direzione.

Gli altri si misero tutti attorno a lei, come i petali della corolla di un fiore.

– Oh, adesso non spingete – li allontanò, perché le erano tutti addosso – Dai, fatemi vedere, anche io voglio vedere come sono venute. Io sono un mago con le fotografie.

Ma con loro grande sorpresa, anche questa volta, nelle immagini del telefonino non c'era nessun coniglio.

Né grande, né piccolo.

22
Mare calmo

Tornarono verso il paese in fila indiana, con gli sguardi cupi, senza nemmeno fare caso al sole che si tuffava nel mare davanti a loro.

All'orizzonte, niente. Sotto al cielo enorme, solcato solo dal volo di qualche gabbiano, l'acqua del mare era totalmente piatta. Il segnale che da quel giorno stesso sarebbero ripresi i collegamenti col continente e gli arrivi degli aliscafi da Linusa, l'isola madre.

La conferma che il mare era di nuovo praticabile arrivò quando furono al porto, dove aveva appena attraccato una motovedetta, che aveva trovato a un miglio dalla costa un barcone carico di africani. Li avevano agganciati e trascinati al molo, da dove adesso li stavano sbarcando.

C'era una lunga fila di uomini e donne dalla pelle scura. Fagotti, sacchi, valigie. Ognuno col suo piccolo bagaglio.

In mezzo a loro, gli occhi scuri e pieni di paura di tanti bambini, che guardavano le scarpe e i vestiti dei ragazzini del paese, senza osare guardarli in faccia.

Ce n'erano di piccoli. Piccolissimi. Alcune mamme avevano il bebé legato addosso con stracci di stoffa colorata. Altre allattavano, come se niente fosse successo, sedute sui gavitelli del molo.

Bella *Pagella* diede di gomito a Salvo e con il mento gli indicò una ragazzina con tante piccole trecce che doveva avere la loro età e che, in mezzo a tutto a quel trambusto, sorrideva mangiando quelle che parevano noccioline. Aveva una piccola borsa di plastica a tracolla, indossava una maglietta dei carabinieri, che le stava lunga come un vestito e ai piedi portava un paio di scarpe di vernice nera.

– Che cosa assurda – pensò Bella – attraversare il Mediterraneo con le ballerine di vernice.

La piccola si accorse che i ragazzini bianchi la guardavano curiosi e allora li guardò a sua volta.

Sorrise. Protese il braccio come se volesse offrire loro delle noccioline.

Bella ne prese una, Salvo fece altrettanto, ringraziando con un sorriso, imbarazzato, per un attimo cercando di immaginare la provenienza di quelle noccioline, tutto quello che aveva vissuto quella bambina, mentre loro erano sotto al vulcano, preoccupati solo di cercare di fare le fotografie al Grande coniglio.

Non era certo la prima volta che i ragazzini del posto assistevano a una scena del genere. Dall'inizio della primavera alla fine dell'autunno, di barche cariche di africani ne arrivano a decine, anche sull'Isola dei conigli, oltre che sull'isola di fronte, la più grande e vicina al continente.

Salvo restò lì, quasi impietrito, ad osservare quella gente, con tutta quella stanchezza addosso. *Bazu* si era già rimesso a dar fastidio a Dino con la sua pistola ad acqua, come se non gli interessasse nulla di tutto quel trambusto che c'era al porto in quel momento, con i carabinieri, gli immigrati in fila sotto al sole.

– Certo, che devono essere proprio disperati questi, per farsi tutto quel viaggio e poi arrivare qui, che non c'è nemmeno la banca o il supermercato –, commentò Bella, vedendo l'amico pensieroso, appoggiato alla sua Bmx tutta impolverata dopo la spedizione al vulcano.

Salvo alzò le spalle. – Già. Proprio strano, il mondo. Qui tutti che se ne vanno dall'isola: la maestra Rosaria, Giovanni... e questi invece fanno le pazzie per venirci. Chissà cosa si aspettano di trovarci.

– Sì, ma mica vogliono restare qui per sempre – lo corresse Bella –. Questi se ne vogliono andare anche loro dall'isola, come Rosaria e come Giovanni. Lo sanno che qui non c'è niente da fare. Vogliono andare da qualche altra parte. Questa è solo la prima parte del viaggio. Mia madre dice che vanno tutti a Milano e poi in Germania.

– Come mio zio –, sorrise Salvo, mentre un tramonto rosato avvolgeva quella sera calda. – Mio zio che è andato a fare il minatore in Belgio. Mi sa che non torna più nemmeno lui.

La spedizione al vulcano, il misterioso coniglio gigante, le foto. Tutto questo era già alle spalle, anche se erano passate poche ore. Anche la questione della loro classe senza maestro, in confronto al problema di quegli africani con i vestiti fradici e le scarpe rotte, sembrò improvvisamente sgonfiarsi.

Il telefonino che non riusciva a fare le fotografie se lo riportò a casa Bella, infilato in una tasca dietro dei pantaloni, come una cosa già dimenticata, senza alcuna importanza.

23
Scarpette di vernice

Il giorno dopo rividero la bambina con le treccine scure. L'avevano trasferita assieme a tutti gli altri africani arrivati col barcone al centro d'accoglienza allestito al campo sportivo, come si faceva sempre quando arrivavano gli africani.

Andarono tutti lì, i bambini dell'isola, come facevano sempre quando c'era uno sbarco e tutta quella gente da sistemare. Andavano lì ad aspettare che arrivasse l'aereo o la nave per portarli via. In un'isola così piccola dove non succedeva mai niente di strano, l'arrivo dell'elicottero o della motovedetta era un avvenimento. Qualcosa a cui partecipare.

Si misero a guardare gli immigrati da fuori, attraverso la rete che circondava il campo. C'erano container di metallo e tende di plastica, volontari della Croce Rossa, un gran via vai di gente e i carabinieri. C'era pure il prete della chiesa col suo sacrestano a distribuire panini e bottigliette d'acqua. Non li lasciavano mai tanto sull'isola, perché non c'erano case per sistemarli e abbastanza poliziotti per tenerli d'occhio. Difatti, di lì a poco, i nasi e gli occhi di tutti si alzarono verso il cielo, da dove arrivava un rombo di motore e dove in pochi minuti apparve la sagoma scura dell'aereo militare. Atterrò sul campo da calcio sollevando tutta la polvere e facendo volare le gonne delle ragazze.

Dall'agitazione di quelli che erano a terra, i bambini capirono che l'intenzione era quella di cominciare a trasferire gli africani subito. Facevano più in fretta delle altre volte, quel giorno.

Fu Salvo a riconoscere la bambina nella folla degli altri bambini scuri e spaventati, che erano assiepati ai lati del campo tenendosi la mano sugli occhi, per non farci entrare la polvere.

La guardò, le fece un cenno di saluto con la mano, rimase ad aspettare che lei si accorgesse di lui e rispondesse.

E infatti lei lo vide subito e sorrise con quegli occhi grandi e neri che sembravano aver già visto tutta la vita.

Aveva sempre le sue scarpe nere di vernice e una maglietta nuova, a fiori, che le stava un pò grande.

Restarono a guardarsi, mentre anche gli altri amici si avvicinavano, incuriositi. Nessuno sapeva che cosa dire, ma lei continuava a fissarli con quegli occhi grandi e scuri. Nessuno sapeva cosa dire e in quale lingua eventualmente dirlo, ma nessuno se ne andava via.

Poi a un certo punto, la bimba si sedette a terra, con le gambe incrociate, lo sguardo fisso addosso ai bimbi dell'isola, quel suo sorriso incurante di quel che succedeva attorno.

Salvo le offrì un arancino, tirandolo fuori dallo zaino. Lei tese il braccio, lungo e sottile. Afferrò l'arancino e se lo portò sotto al naso.

Bella le sorrideva e a gesti le faceva capire che doveva addentarlo. – Provalo, è buono –, le spiegava.

La bambina con le scarpe di vernice sorrideva, indecisa sul da farsi.

Salvo allora tirò fuori un altro arancino, lo spezzò in due, ne diede metà a Bella e cominciò a mangiare l'altra metà. Voleva farle vedere che non c'era rischio, che era buono.

La bimba sorrise, fece un piccolo morso e intanto si mise a frugare dentro alla borsa. Tirò fuori una matita, un quaderno un pò rovinato, i bordi umidi, come se avesse preso l'acqua del mare.

Rimise l'arancino nella busta, lo ficcò dentro alla borsa e si mise a disegnare.

Con un tratto rapido, fece una barca, il mare, la luna. Un grande pesce sotto il pelo dell'acqua. Una bambina che le assomigliava in mezzo ad altre persone.

Salvo e Bella la guardavano ammirati, non avevano mai visto nessuno disegnare così bene e così in fretta.

Lei alzò gli occhi, sorrise. E porse il quaderno ai due bambini bianchi. Come se fosse un gioco, facendo dei gesti come se volesse invitarli a disegnare a loro volta qualcosa.

Salvo era sorpreso. Pensava di non essere per niente bravo a disegnare. Cercava infatti di farlo il meno possibile. A scuola aveva preso un sacco di note perché lasciava i disegni a metà e si rifiutava di colorarli. Già era tanto se li faceva a matita, di colorarli, non se ne parlava nemmeno.

Anche in questo caso, siccome non gli veniva in mente

nulla e aveva comunque paura di disegnare una schifezza, dopo qualche titubanza, passò l'incarico a Bella, che invece in disegno aveva dieci in pagella. Anche lei era un pò intimidita, ma subito si illuminò.

E con la matita cominciò a disegnare il vulcano, la casa gialla di Giovanni, nostra banda con le biciclette. E un grande coniglio dall'aria stranita.

La bambina con le piccole trecce e le scarpe di vernice sorrise. Sembrava molto contenta.

24
Disegni

Fecero appena in tempo a scambiarsi i disegni, prima che la bambina venisse caricata su un pullman con tutti quegli altri africani che erano scesi dal barcone e che avevano passato la notte al centro d'accoglienza.

I carabinieri erano incaricati come sempre delle operazioni di trasbordo di tutta quella gente. Dalla barca a terra, da terra al dormitorio, da lì all'aereo per Linusa, dove, diceva il prete della chiesa, avrebbero trovato una casa con letti, cibo, e altri carabinieri, e altri poliziotti. – Quella è la trafila –, spiegò il parroco ai bambini che assistevano alle operazioni. – Non è che possono andare dove vogliono, una volta che sono arrivati in Italia .

E infatti fu così anche quella mattina. Li trasferirono come se fossero una mandria di cavalli.

Videro la loro nuova amica, la bimbetta con le treccine, che saliva seria seria sull'autobus camminando dietro a una donna vestita di stoffa colorata, che aveva sulle spalle un altro piccoletto. Salvo si chiese se quella fosse la mamma della bambina e il bimbo piccolo suo fratello minore.

Ma non fecero assolutamente in tempo a chiederglielo e non avrebbero neanche saputo come farlo. Di sicuro parlava un'altra lingua.

Lei salutò con la mano, da lontano. Bella e Salvo salutarono a loro volta.

Salvo si sentì come una fitta nella pancia.

Bella semplicemente sorrideva, ma nella pancia non sentì niente di particolare.

Restarono però lì entrambi, con i loro dubbi e con una sensazione fortissima che quel che stava accadendo in quei giorni fosse tutto molto strano.

Quasi un sogno, un incantesimo, o un'allucinazione, magari. Come quel coniglio gigante che avevamo visto il giorno prima a casa di Giovanni. Bella dentro di sé si disse che ci sono cose che non si riesce a raccontare, che a volte le parole non bastano.

E comunque era chiaro che nessuno avrebbe mai creduto al racconto di un coniglio di quelle dimensioni. Non erano nemmeno riusciti a fotografarlo.

Stavano lì a rimettere assieme pezzi di ragionamento, e con la mano salutavano la bambina che si avviava verso l'aereo militare con le scarpe di vernice nera, la maglietta più grande di lei e la faccia sorridente.

Salvo infilò una mano in tasca e sentì il disegno piegato in quattro che lei aveva fatto: il disegno dell'avventura dalla quale anche lei era appena scampata.

– Peccato, era simpatica –, disse Salvo, che si sentiva uno strano nodo in gola.

– Sì. Però ci ha lasciato il disegno. Hai visto come ha disegnato bene il mare e anche quel grande pesce? Io non sono capace di fare quei pesci lì –, rispose Bella.

Salvo non capiva perché, ma da quando la bambina con le treccine era sparita dal suo orizzonte, si sentiva un pò lo stomaco in subbuglio.

Bella si stropicciò gli occhi, le dava fastidio il sole che la colpiva dritta in faccia. Si mise con le spalle appoggiate a un muro, la testa all'ombra di un balcone.

– Comunque, buffo aver fatto amicizia proprio con quella bambina lì, che disegnava così bene. Era strana, no? Con quelle scarpe di vernice, ti ricordi quando è scesa dal barcone? Non sembrava un angelo?

– Un angelo? – fece Salvo, guardandola come se fosse pazza. – Che stai dicendo? Gli angeli non vengono dal mare! Caso mai dal cielo.

– Ma sì, dicevo per dire. Forse però potremmo imparare da lei.

– Che cosa? – la guardò lui – Cosa potremmo imparare?

Bella si fece pensierosa ma nei suoi occhi c'era un guizzo. – Non so: ma guardandola mi è venuto da pensare che un telefonino non serve a niente quando si vuole esprimere un desiderio, o raccontare quello che si sente dentro. Anche se avessimo fatto le foto col cellulare di mia zia, non saremmo riusciti a farci capire da Giovanni. Era molto meglio fare un disegno. O scrivere una lettera, per esempio. O tutte e due assieme.

Salvo la guardò storcendo il naso. Tutto stava prendendo una piega che non lo convinceva molto.

Lei gli prese il disegno dalla tasca dei pantaloni e glielo

mise davanti agli occhi. – Come ha fatto quella bambina a raccontarci la sua avventura? Ha disegnato. Ha sorriso. Ha condiviso le sue emozioni. Ti ricordi?

Salvo annuì, ma in realtà stava pensando a tutt'altro, in quel momento. Si stava chiedendo se l'avrebbe mai rivista, quella ragazzina così speciale, diversa da tutte quelle che aveva conosciuto prima. Fece segno di sì col capo, ma lo sguardo era ebete. Fissava nel vuoto.

Bella se ne accorse subito. – Oh! – lo strattonò – Mi senti? Salvo? Mi stai ascoltando.

Lui si riscosse. Effettivamente, non aveva fatto mente locale a quel che gli diceva l'amica. –Sì – balbettò – Cioè, no. Che dicevi?

– Ma che hai? Ti stavo dicendo del disegno. A che stai pensando?

Salvo non gliel'avrebbe mai confessato, quello a cui stava pensando. Quello sì, sarebbe stato da scemi. Come darle un argomento per sfotterlo per i tre mesi successivi. – Ehm, stavo pensando… Stavo pensando al disegno. In effetti. Proprio, bello. Venuto bene.

Bella lo guardò intuendo che l'amico non l'aveva ascoltata. – Sì, ma a parte che è venuto bene, sei d'accordo con me che potremmo farne uno anche noi per Giovanni?

Salvo incassò la testa fra le spalle. Adesso aveva capito. – Eh, come no! proprio quello che pensavo anch'io. Mi sembra una splendida idea.

Bella lo squadrò. – Ma hai capito che disegno vorrei fare?

– Ehm, sì, cioè no. Che disegno vuoi fare? –. Stava pensando alle treccine e alle scarpe nere di vernice.

– Oh, ma che *ti sei scimunito*? Ti stavo dicendo che potremmo fare anche noi un disegno. Del coniglio. Non è una buona idea?

Salvo sorrise annuendo. Si rendeva conto di star facendo una figura da scemo. – Uh, certo. Un disegno del coniglio. Chissà perché non ci ho pensato prima.

Bella soffiò fuori l'aria dai polmoni. – Vabbè, sì, ciao, eh. Mi sembra che sei un pò distratto, in questo momento. Non mi dai retta. Ma a che pensi? – E proprio mentre lo chiedeva, capì da sola a che cosa pensava il suo amico.

– Ahh… già. Ho capito a che pensi. Ho capito…

Ma Salvo già non l'ascoltava più di nuovo. Riguardò con aria sognante il disegno della bambina africana e gli vennero tanti pensieri nella testa, che se la sentì pesante. Aveva solo voglia di andare a dormire. Consegnò il foglio a Bella e si avviò verso casa con le mani infilate nelle tasche dei calzoncini, cercando di scacciare via tutti i pensieri.

25

Un brutto sogno

Il giorno dopo si trovarono sotto all'albero al centro del paese con tutto il resto della banda. Bella arrivò con lo zaino sulle spalle e quando furono tutti riuniti, tirò fuori il disegno della bambina con le scarpe di vernice.

– Che è? –, chiese Luca *Bazuk*a, senza capire.

Bella spiegò in fretta quel che era successo e fece anche fatica a convincere il resto della truppa che quel che stava dicendo era vero.

Nessuno dei bambini del paese era mai riuscito a parlare con un africano appena sbarcato. Tantomeno a farsi fare un disegno. Non era possibile avvicinarsi e comunque a nessuno di loro sarebbe mai venuto in mente di andare a parlare con quella gente. Erano così diversi, con quegli occhi pieni di stanchezza. Di solito, i bambini del paese si limitavano a guardarli da lontano, con un misto di pena e timidezza.

Ma quando il foglio spiegazzato con il grande pesce ebbe fatto il giro del gruppo, tra di loro calò un silenzio incuriosito.

A interromperlo fu ancora Bella: – A me pare una bellissima idea, quella che ha avuto la bambina.

– Cioè? –, chiese Selvaggia.

– Cioè… l'idea di fare il disegno è una bella idea, secondo me. Potremmo fare anche noi un disegno. Un disegno del Grande Coniglio.

Tutti le puntarono gli occhi addosso.

– Lo facciamo – continuò Bella – e poi lo spediamo a Giovanni. Tanto le foto non vengono. Questo ormai l'abbiamo chiarito. Forse perché non si possono fotografare i sogni. Si possono solo raccontare, ma non metterli dentro a un telefonino.

– Oddio, che filosofa –, si mise a prenderla in giro Pina Pistola.

Ma Bella la fulminò con un'occhiataccia. – Stai zitta tu, che non ci dovevi nemmeno venire, alla casa di Giovanni. È giusto così. Facciamo un disegno e poi scriviamo anche la nostra avventura. Non abbiamo altra scelta. Sei d'accordo, Salvo?

Salvo aveva dormito poco, la notte precedente. O meglio. Si era abbattuto sul letto appena dopo cena, cadendo in un sonno profondo. E quando tutte le luci della casa si erano spente, si era svegliato di nuovo.

Forse aveva fatto un incubo. Un sogno strano, popolato di animali giganti. Aveva sognato di essere in barca. C'era una balena. E c'era la bambina con le treccine che lo salutava da terra con quel suo sorriso dolce.

Non aveva mai visto un sorriso così largo, degli occhi così scuri e profondi. Era come se avesse preso una botta in testa. Ma mai e poi mai l'avrebbe confessato agli amici. Lo avrebbero preso in giro per tutta la vita.

Nel sogno Salvo si accorgeva che avrebbe voluto raggiungerla, ma il naufrago era lui e vedeva la bambina allontanarsi. Alle sue spalle il coniglio gigante su una barca di legno, che rosicchiava una carota gigante.

Si era svegliato tutto sudato e ci aveva messo ore per riprendere sonno.

Per la stanchezza e il risveglio con quelle strane immagini del sogno ancora negli occhi, Salvo, arrivato dagli amici seduti sul muretto sotto l'albero in piazza, ascoltava tutte le conversazioni in modo distratto.

Era frastornato da quel che stava accadendo in quei giorni.

– Eh? – fece all'improvviso, sobbalzando e riprendendosi dalle sue fantasticherie. – Che cosa? Stavate parlando di me?

Bella, dandosi le arie di quella che aveva capito tutto, piegò la testa e agitando la mano destra come se volesse farsi aria, fece cenno agli altri di scostarsi. – Lasciatelo perdere – ridacchiò, con un tono da presa in giro – Mi sa che oggi Salvo sarà un po' distratto. Non vedete che ha la testa da un'altra parte? È partita la sua amica, quella bambina nera.

Immediatamente Salvo si trovò addosso gli occhi degli amici. E si sentì un fesso.

Probabilmente diventò rosso in faccia come le barche dipinte di fresco al molo.

Ma cercò di minimizzare. – Io? Ma no, che dici? Sono qui, stavo solo pensando. Quale amica?

Tutti gli amici lo guardarono, cercando una conferma

di quel che aveva appena insinuato Bella.

Lei però si era già pentita di quella battuta stupida. Alzò le spalle, storse il naso e sporse il labbro inferiore in sotto, in una smorfia che neanche lei sapeva che cosa voleva dire. Era imbarazzata, soprattutto non voleva mostrare a tutti che era un po' invidiosa di quella ragazzina apparsa all'improvviso, così diversa da tutti loro da riuscire in una manciata di minuti a calamitare l'attenzione di Salvo. Proprio lui, ora che Bella lo aveva quasi quasi conquistato.

Arrotolandosi la ciocca di capelli viola, Bella cercò di mascherare la sua mezza delusione. Ma lo vedeva benissimo che da quando era apparsa lei, l'amico era sulle nuvole. Come se avesse avuto una visione.

– È inutile che fai finta di non sapere *quale bambina*, no? Quella bambina, quella della barca. Non vorrai mica fare credere agli amici che l'hai appena notata. O che l'hai presa per un miraggio, come quel coniglio gigante. Era una bambina vera. Come noi! O no?

Salvo si grattò un orecchio. – Come noi fino a un certo punto. Però, sì, era una bambina. In carne e ossa, intendo dire. E certo che l'ho notata. Come l'hai notata tu, no? Che sei gelosa?

Bella arricciò il naso e gli puntò le pupille addosso come due spilli, tenendosi la ciocca di capelli colorati con le labbra, come due specie di baffi viola. – Chi? Io gelosa? Di quella bambina? Ma sei scemo.

– Ahahah volevo ben dire… – Adesso era Salvo che ridacchiava. Però non era contento per niente. –

Comunque ora è partita. Ce la dobbiamo dimenticare.

– *Te* la devi dimenticare –, allargò le braccia Bella, cercando di camuffare l'espressione di sollievo. – Visto che ora è andata via – continuò sforzandosi di sembrare almeno un pochino dispiaciuta – purtroppo… è diventata anche lei una specie di apparizione. Non la vedremo più, come probabilmente non vedremo più il Grande coniglio. Forse non saremmo riusciti a fotografare nemmeno lei, se avessimo tentato.

Salvo si rabbuiò e a nessuno degli amici passò nemmeno per l'anticamera del cervello di sorridere. – Comunque, allora, se abbiamo deciso di fare il disegno, dobbiamo decidere chi lo fa –, sottolineò Lupo.

Sul momento nessuno rispose, però tutti, dopo essersi guardati in faccia l'uno con l'altro, si misero a fare cenni di approvazione. – In effetti… –, esclamò Salvo.

Allora Bella andò verso di lui. – Hai vinto: lo fai tu –. Aprì lo zaino che aveva sulle spalle e gli mise in mano la sua scatola di ferro piena di matite. Le matite che non prestava mai a nessuno.

26
La lettera

Andarono nel negozio della nonna di Salvo a disegnare. Occuparono tutto il tavolo che si usa per impastare. Usarono uno di quei fogli che i grandi usano per avvolgere i vassoi di arancini.

E a Salvo diedero il compito più difficile. Fare il contorno. Buttò giù una, due, tre prove. Non gli piaceva mai. Ma alla fine, Bella si mise di mezzo e stabilì che il quarto schizzo che aveva fatto era perfetto.

– E ora coloriamo!

Ognuno fece un pezzo, col suo stile, la sua mano.

In effetti, mezz'ora dopo, riguardandolo da lontano, tutti assieme, furono abbastanza d'accordo che era venuto bene.

C'era la casa gialla, c'era il mare blu sullo sfondo, il marrone scuro della terra sul vulcano, l'azzurro del cielo. Selvaggia aveva dato un'espressione così naturale al Grande coniglio che sembrava quasi vivo. Gli occhi neri, le lunghe orecchie, una tribù di altri piccoli conigli attorno.

– Sembra proprio un quadro –, disse Luca *Bazuka,* mordendo una matita rossa come fosse una carota.

– Adesso bisogna scrivere la lettera e spiegare a Giovanni

che cosa succede e che cosa speriamo.

Bella fece un sorriso furbo e si mise la mano nella tasca posteriore dei pantaloni da dove estrasse un foglio a righe spiegazzato. La solita secchiona li aveva preceduti.

Emergenza Grande coniglio

cominciò a leggere il titolo mentre gli altri si sedevano uno ad uno con le gambe incrociate per terra:

Carissimo Giovanni ciao,
chi ti scrive lo fa a nome degli alunni dell'Isola dei conigli. Sappiamo che tu hai i tuoi buoni motivi per startene lì sulla terra ferma, ma noi abbiamo i nostri altrettanto buoni motivi per invitarti a rientrare.

Tu penserai che stiamo scherzando, che siamo impazziti, che ti stiamo raccontando chissà quale bugia. Ma sappi che così non è. In casa tua c'è un coniglio.

Anzi ce ne sono tanti di conigli. Piccoli conigli come ne hai sempre visti nelle nostre campagne.

Ma ce n'è uno diverso da tutti i conigli che tu potrai aver visto nei tuoi giri per il mondo.

È un coniglio di forma e colore non diverso dalla norma. Ma grande tanto che tu non ti puoi immaginare.

Giovanni non pensare che *ci siamo scimuniti*: non è il sole che ci ha abbrustolito il cervello; quello che ti stiamo raccontando è tutto vero, come è anche vero il Grande coniglio che vive a casa tua, attorniata da migliaia e migliaia di altri conigli.

Ecco. Tu ora prova a immaginare migliaia di denti di coniglio che mordono il tuo tavolo, le tue sedie, il cuscino del tuo letto, orecchie di coniglio che spuntano dal cassetto dei tuoi calzini, cacche di coniglio che fermentano negli angoli della tua cucina, peli di coniglio che si depositano sui tuoi libri, unghie di conigli che grattano la tua porta di casa.

Giovanni carissimo…

Non è per spaventarti che ti scriviamo questa lettera, facendoti un disegno il più possibile sincero di quel che abbiamo visto l'altro giorno a casa tua.

Avremmo voluto fotografarlo, ma credici, è stato impossibile. Quel coniglio si può solo raccontare o disegnare, come i sogni, come i desideri.

Giovanni vedi tu che cosa fare. Noi siamo qui, se hai bisogno del nostro aiuto per la caccia al coniglio, sappi che puoi contare su di noi.

Purtroppo da soli non riusciamo a far capire al Grande coniglio che non può stare lì. Lui ci guarda e sgranocchia.

È un coniglio! Sai come sono fatti i conigli.

D'altronde sull'isola succedono tante di quelle cose strane che potresti capire solo se tornassi.

Arrivano barche piene di africani, a volte le barche si rompono e allora i pescatori vanno a salvarli in mezzo al mare, anche se non sempre è facile salvare chi non sa nuotare. Giovanni, sai, succedono cose brutte certi giorni di burrasca. Gli africani hanno certi occhi pieni di paura quando arrivano al porto. Alcuni hanno gli occhi chiusi e la sabbia fra le dita quando sono stesi sulla spiaggia ad asciugare.

Rosa la maestra pare che si sia innamorata o che voglia mettersi a fare l'università e che quindi se ne vada col suo fidanzato in un posto molto lontano da qui. Un posto senza conigli e senza barche cariche di disperati che non si sa come aiutare.

Noi senza maestra non avremo più neanche la scuola.

Non che la cosa ci dispiaccia: diventeremo tutti allevatori di conigli? Impareremo a salvare i poveri del mare?

Giovanni carissimo, a queste domande forse solo il Grande coniglio può rispondere. Forse nemmeno lui.

Forse ci sono domande a cui non c'è risposta. Perché nel mondo c'è la fame? Perché gli uomini continuano a combattere la guerra? Speriamo che la nostra scuola resti aperta, anche per parlare di queste cose. Se tu torni, vecchio maestro, vienici a cercare. È probabile che ci trovi vicino alla tua casa gialla. Dobbiamo tenerlo d'occhio, il Grande coniglio. Prima che ti mangi tutto…

Ti aspettiamo.

27

La nave dal continente

Passarono i giorni, i mesi e le settimane.

Venne l'estate vera, che di giorno si stava meglio a casa e solo la sera scendeva un venticello che rendeva piacevole stare in piazza a chiacchierare.

La banda dei bambini del paese andava tutti i giorni a fare il bagno al molo e alla spiaggia della sciara, con i sassolini piccoli e scuri che si infilavano nel costume.

Le tartarughe di mare avevano fatto il nido sotto la sabbia e i pescatori avevano costruito un recinto attorno alla buca perché nessuno pestasse la zona delle uova.

Aspettavano l'ultima notte di luna piena, quando le uova si sarebbero schiuse e le piccole tartarughe avrebbero preso la via del mare. Una lunga corsa verso la libertà.

Il mare intanto riversava ogni giorno e ogni notte una nuova barca carica di immigrati. Tra un traghetto e un aliscafo, arrivava al porto anche la motovedetta della capitaneria di scorta ai pescherecci, che salvavano gli africani in mezzo alle onde.

E quando ormai i bambini dell'isola si erano quasi rassegnati al fatto che a settembre non ci sarebbe stato un altro maestro per loro, perché erano passati tre mesi da quando avevano spedito la lettera, successe quel che nessuno si aspettava.

Salvo non ricordava esattamente che giorno fosse, forse un sabato mattina.

Il sabato mattina del giorno in cui si fa la processione della Madonna della Pozzolana.

Arrivava la nave dal continente e come sempre ad aspettarla al molo c'era mezzo paese. L'ingresso del traghetto in porto era comunque un piccolo avvenimento, che veniva a rompere la monotonia tranquilla della vita paesana. I bambini, almeno, quelli c'erano tutti, seduti sui gavitelli o appoggiati al muro, a spiare i turisti e quello che scendeva dalla nave.

Aspettavano la banda musicale di Agrigento, che in occasione della processione annuale, doveva venire a dar manforte ai clarini, fiati e tamburi della banda locale: piccola orchestra di suonatori inesperti.

E infatti, eccoli, che spuntavano uno a uno, con le loro divise bianche, i bottoni dorati, il cappellino con la visiera. Una vera banda che avrebbe riempito di musica la notte della Pozzolana.

Ma fu con grande sorpresa dei ragazzini del paese, che, in coda a quella selva di tromboni, di fagotti e grancasse, videro spuntare la barbetta brizzolata di Giovanni.

Alto, grosso, con due spallone da lottatore. Sembrava un maestro di arti marziali. Giovanni non era cambiato di una virgola da come se lo ricordavano. Portava il suo solito cappellino blu a righe fatto a uncinetto a coprire la pelata, la valigia nella mano sinistra. E nella destra la mano di una bambina.

Quella bambina.

La bambina con le treccine e le scarpe di vernice.

Salvo quando la vide apparire in cima alla scaletta della nave con quell'aria un po' stranita che aveva anche la prima volta, ebbe un tuffo al cuore. – Mah…?! –. Deglutì. Si voltò a cercare gli occhi di qualche amico. Si scontrò con lo sguardo dilatato di Bella, anche lei evidentemente sorpresa da quell'arrivo assolutamente inaspettato. – Hai visto chi c'è? –, sillabò restando a bocca aperta per poi scoppiare in una risata incontenibile. – Giovanniiiii! –, urlò, lanciandosi con tutte le ciocche viola che saltellavano nell'aria verso la scaletta della nave.

Giovanni la riconobbe subito e allargò il sorriso sotto la barbetta bianca che gli scopriva le guance.

Bella gli saltò al collo, lo abbracciò stretto, mentre tutti i bambini del paese gli si facevano attorno. La piccoletta con le treccine restò inglobata nel gruppo festante che accerchiava il maestro. Solo Salvo, invece di fare festa a lui, si mise vicino a lei con una specie di sorriso ebete, senza sapere che cosa dire. – Ciao –, le mise una mano sulla spalla. – Sei tornata! –. La ragazzina sorrise, chissà se capiva l'italiano.

Giovanni a quel punto la presentò a tutti: – Lei è Angelique, starà qui con noi nei prossimi mesi. Viene dall'Africa.

Nessuno osò spiegare a Giovanni che l'avevano conosciuta mesi prima, qualcuno pensò addirittura che fosse un'altra bambina, anche se davvero molto simile a quella che avevano conosciuto.

– Beh, piccole pesti? Non avevate detto che era urgente che io tornassi? – scoppiò in una risata larga come un sole Giovanni – Sono qua. Non ve l'aspettavate? Sono tornato per restare. Quando ho ricevuto la vostra lettera e ho saputo che la maestra Rosaria aveva chiesto il trasferimento, ho fatto richiesta per fare io il sostituto. E mi hanno subito dato la nomina: incredibile! Quindi, starò tutto il prossimo anno alla vostra scuola elementare. Non era quello che volevate? I sogni son desideri!!

Si misero tutti a saltare come matti, fino a quando lui fece cenno di stare zitti un secondo.

– E questo famoso grande coniglio?

– È a casa tua – gli urlò Salvo – Ma non so se riesci a vederlo. Appare e scompare quando meno te lo aspetti.

Giovanni rise, come se avesse già capito tutto. Rotto il ghiaccio, gli salirono tutti addosso, una montagna d'uomo coperto da una montagna di bambini urlanti e festanti.

Salvo, intanto era l'unico, che con un occhio teneva a bada soprattutto la bambina con le treccine, che in quello stesso momento era saltata in braccio a una signora alta e imponente, con tante treccine nere. Avrebbe potuto essere sua madre, ma a questo punto non ci capiva più niente.

Giovanni si accorse degli sguardi interrogativi negli occhi di Salvo, liquidi come quelli di un pesce preso all'amo. – Ehi Salvo, dove guardi? Vuoi che ti presenti questa bambina?

Lui annuì con aria un po' ebete.

– L'ho conosciuta a Napoli. Quella è sua mamma, Seraphine. Vengono dal Sudan. Laggiù c'è la guerra e non ci possono tornare. Per questo hanno ottenuto il permesso che serve per restare in Italia. Vivranno qui, sull'Isola dei conigli. Lei e la sua mamma. Con me, alla casa sotto al vulcano. Ammesso che i conigli ci lascino entrare. Vuoi che te le presenti?

Salvo si sentiva le guance calde e rosse, ma si fece avanti.

– E certo che, sì, Giovanni. E poi pensi che... che Angelique verrà a scuola con noi?

Il coniglio, affacciato dal muretto dietro la chiesa, scrutò per un secondo il blu del mare increspato di scaglie argentate. Tirava aria di maestrale. Saltellò via senza fermarsi, le lunghe orecchie lisciate dal vento.

INDICE

L'ISOLA DEI CONIGLI
Scritto da Zita Dazzi
L'illustrazione di copertina è di Gianni De Conno

Finito di stampare nel mese di marzo 2015
presso Guido Arti Grafiche di Rende (CS)
Seconda ristampa aprile 2016

Questo libro è stampato su carta certificata proveniente da fonti rinnovabili

ISBN: 978-88-98346-39-4

www.coccoleebooks.com